瑞蘭國際

瑞蘭國際

ぐんぐん実力が上がる

實力
日本語 II

東吳日文共同教材編輯小組 編著
召集人 羅濟立

前言

　　本教材乃依據「CEFR（The Common European Framework of Reference for Language 之簡稱）」之學用合一外語教學觀所設計的基礎日語，以生活化、實用化、數位化之理念撰寫，每課規劃了「学習目標」、「聞いてみよう」、「会話」、「本文」、「活動」、「練習問題」等六大項目，引導學生逐步熟悉該課的語言表達與運用，達到該課的學習目標。

　　本教材重視培養聽、説、讀、寫、譯及綜合運用的日語能力，教師可以藉由每課頁首的「学習目標」、「聞いてみよう」引導學生進入該課的情境，「学習目標」揭示了該課的學習重點及將達成的能力目標；「聞いてみよう」呈現最生活化、最自然的日語對話，先讓同學們透過插畫場景，進入聽日語的世界，培養在情境中聽解日語的能力，同時引導熟悉語音，啟發學習日語的動機。「会話一」和「会話二」安排透過各種情境的對話，學習該課重點的新單字與句型表達，讓學生自然學會基本的日語表達方式；「本文」則藉由短文，培養閱讀能力、習得正確文法的基礎寫作技巧。「活動」是以完成課題的模式，在實作中讓同學透過互動、呈現學習成果。「文型」匯集了該課重點句型表達，從例句中同學可歸納出使用的原則，亦安排與該課相關基礎文法資訊，方便學習；「練習問題」提供多元的練習實踐題目，並附解答參考，學生透過課後作業練習，可立即複習該課的重點，並自我檢核吸收的程度。本教材安排在各主題下，嘗試納入多樣的引導學習項目，這絕對是一本能讓教師快速且輕鬆引導莘莘學子學會使用日語的好教材。

學生也可以利用本教材進行自主學習，在掃描書封的 QR Code 下載音檔後，依照順序聆聽音檔，透過親近語音，進入各種情境。每課各學習項目下安排了「新しい表現」、「文型」、「補足」等，能協助學生掌握精華重點，並加強對字詞句的認識與運用。而每課提供的「活動」和「練習問題」包含各種層次的實作模式以及測驗題型，學生可學得更靈活、更深、更廣，同時自我驗收學習成果，不熟練處反覆學習，即可達到本課的學習目標，激發學習興趣。如此豐富的內容，能幫助學生循序進入日語世界，養成基礎階段所必須具備的日語文能力。

　　本教材經過 35 次會議之討論，精雕細琢下得以出版。作者群除了我本人之外，包括陳淑娟老師、劉怡伶老師、陳冠霖老師、山本卓司老師、張政傑老師、廖育卿老師、田中綾子老師等東吳大學日文系之專兼任教師，都是日語教育之專家，在研究或教學上都有相關卓越的表現。特別要感謝陳淑娟老師和劉怡伶老師從中運籌帷幄、穿針引線，讓本教材之編輯作業更加順利。也要感謝謝寶慢助教的行政協助，瑞蘭國際出版的統籌，仰賴各方合作下敦促本教材的誕生，在此一併致謝。

東吳大學日本語文學系教授兼任系主任

本書的使用方法

《實力日本語Ⅱ》以現代大學生的生活為主軸，設計10個主題單元，包括日常生活中各種與日本人互動的接觸場景，活潑輕鬆且實用，從中可學會詞彙、句型的運用。除了培養基礎的聽、說、讀、寫、譯、綜合能力之外，也培養理解日本文化、社會，以及跨文化溝通技巧與實際運用之能力。

「学習目標」每課最前面的「學習目標」，教師與學生可從此先確認學完本課將具備什麼能力，提示學習重點一目瞭然。

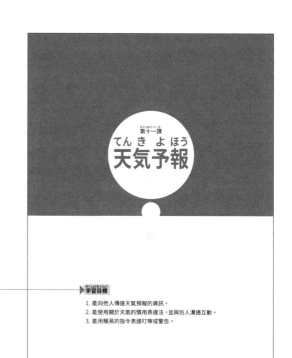

「聞いてみよう」暖身練習。透過插畫情境，聽取最自然、最生活的對話，體驗身處語境中，不用在意當中詞彙、文法，能抓住大意即可喔！附錄中有全文，學完一課後，若有時間也可以模仿演練對話。

会話一 北国の人は強いです 🎧 MP3-002

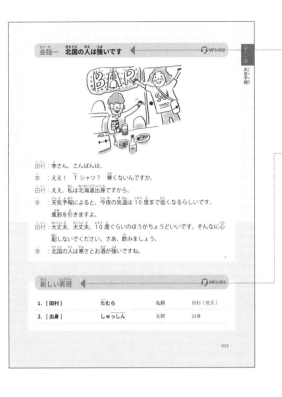

田村：李さん、こんばんは。
李：ええ！ Tシャツ？ 寒くないんですか。
田村：ええ、私は北海道出身ですから。
李：天気予報によると、今夜の気温は10度まで低くなるらしいです。
　　風邪を引きますよ。
田村：大丈夫、大丈夫。10度ぐらいのほうがちょうどいいです。そんなに心
　　配しないでください。さあ、飲みましょう。
李：北国の人は寒さとお酒が強いですね。

新しい表現 🎧 MP3-003

1. [田村]	たむら	名詞	田村（姓氏）
2. [出身]	しゅっしん	名詞	出身

013

「**会話**」透過每課的學習主題，學習該情境的實用會話，透過對話句，了解該課學習重點。

「**新しい表現**」列舉會話中的生詞、片語或詞句，加強印象。單字的表記以「筑波ウェブコーパス（https://tsukubawebcorpus.jp//）」為基準；文法術語統一呈現，教師可適當加以補充。

「**アクセント**」以「OJAD（http://www.gavo.t.u-tokyo.ac.jp/ojad/）」及《新明解辭典》為基準。

「花蓮」、「莊」、「魯肉飯」等臺灣本土的地名、姓氏、食物的發音等，已經融入日本社會者，採漢字音讀的原則，其餘尊重母語文化，直接使用臺灣本地發音。

▶ 本文 台風対策 🎧 MP3-006

　明日は「台風休み」です。ニュースによると、明日の朝から雨や風が強くなるそうです。ですから、今夜から台風対策をしました。
　まず、窓や屋根を確認しました。次は食べ物です。でも、コンビニは臨時休業らしいです。仕方がなく遠いスーパーへ行きました。カップラーメンや卵、缶詰を買いました。これで安心です。大きい台風は、準備が大切です。

▶ 新しい表現 🎧 MP3-007

1. [台風]	たいふう	名詞	颱風
2. [台風休み]	たいふうやすみ	名詞	颱風假
3. [台風対策]	たいふうたいさく	名詞	防颱準備
4. [屋根]	やね	名詞	屋頂
5. [確認]	かくにん	名詞	檢查；確認
6. [コンビニ]	コンビニ	名詞	便利商店
7. [臨時休業]	りんじきゅうぎょう	名詞	臨時公休
8. [スーパー]	スーパー	名詞	超市

「**本文**」熟悉日語的「書き言葉（書面語）」，增強閱讀和寫作能力。

本書的使用方法 |

「**活動**」實作型完成課題的學習項目，可加深加廣學習內容，學以致用，來試一試自己的實力吧！

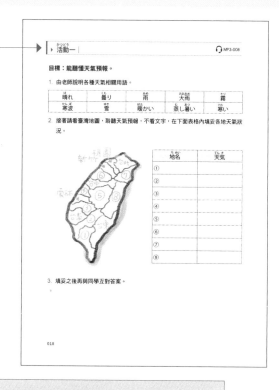

「**文型**」透過例句等，歸納使用原則，掌握重要的文法觀念，打好日語基礎能力。

「**補足**」補充單字、語彙或文法。本教材特色是囊括了基本語彙或文法概念，多認識常見的語彙和文法，如虎添翼！

「**練習問題**」透過複習，鍛鍊自己的實力，自我檢查學習成果。

「**付録**」有「**聞いてみよう**」的文字化全文，和「**練習問題**」的解答，學習時有參考的依據。

如何掃描 QR Code 下載音檔

1. 以手機內建的相機或是掃描 QR Code 的 App 掃描封面的 QR Code。
2. 點選「雲端硬碟」的連結之後，進入音檔清單畫面，接著點選畫面右上角的「三個點」。
3. 點選「新增至「已加星號」專區」一欄，星星即會變成黃色或黑色，代表加入成功。
4. 開啟電腦，打開您的「雲端硬碟」網頁，點選左側欄位的「已加星號」。
5. 選擇該音檔資料夾，點滑鼠右鍵，選擇「下載」，即可將音檔存入電腦。

目次
もくじ

MEMO

だいじゅういっか
第十一課

てんきよほう
天気予報

がくしゅうもくひょう
学習目標

1. 能向他人傳達天氣預報的資訊。
2. 能使用關於天氣的慣用表達法，並與別人溝通互動。
3. 能用簡易的指令表達叮嚀或警告。

1. **天気予報の画面**

2. **アイスクリームバンの近くで**

3. **教室で**

4. **山道で**

<ruby>会話<rt>かい わ</rt></ruby>一　<ruby>北国<rt>きたぐに</rt></ruby>の<ruby>人<rt>ひと</rt></ruby>は<ruby>強<rt>つよ</rt></ruby>いです

🎧 MP3-002

<ruby>田村<rt>た むら</rt></ruby>：<ruby>李<rt>り</rt></ruby>さん、こんばんは。

<ruby>李<rt>り</rt></ruby>　：ええ！　<ruby>Ｔ<rt>ティー</rt></ruby>シャツ？　<ruby>寒<rt>さむ</rt></ruby>くないんですか。

<ruby>田村<rt>た むら</rt></ruby>：ええ、<ruby>私<rt>わたし</rt></ruby>は<ruby>北海道出身<rt>ほっかいどうしゅっしん</rt></ruby>ですから。

<ruby>李<rt>り</rt></ruby>　：<ruby>天気予報<rt>てん き よ ほう</rt></ruby>によると、<ruby>今夜<rt>こん や</rt></ruby>の<ruby>気温<rt>き おん</rt></ruby>は 10 <ruby>度<rt>ど</rt></ruby>まで<ruby>低<rt>ひく</rt></ruby>くなるらしいです。

　　　<ruby>風邪<rt>か ぜ</rt></ruby>を<ruby>引<rt>ひ</rt></ruby>きますよ。

<ruby>田村<rt>た むら</rt></ruby>：<ruby>大丈夫<rt>だいじょう ぶ</rt></ruby>、<ruby>大丈夫<rt>だいじょう ぶ</rt></ruby>。10 <ruby>度<rt>じゅう ど</rt></ruby>ぐらいのほうがちょうどいいです。そんなに<ruby>心<rt>しん</rt></ruby>

　　　<ruby>配<rt>ぱい</rt></ruby>しないでください。さあ、<ruby>飲<rt>の</rt></ruby>みましょう。

<ruby>李<rt>り</rt></ruby>　：<ruby>北国<rt>きたぐに</rt></ruby>の<ruby>人<rt>ひと</rt></ruby>は<ruby>寒<rt>さむ</rt></ruby>さとお<ruby>酒<rt>さけ</rt></ruby>が<ruby>強<rt>つよ</rt></ruby>いですね。

<ruby>新<rt>あたら</rt></ruby>しい<ruby>表現<rt>ひょうげん</rt></ruby>

🎧 MP3-003

1. [田村]	たむら	名詞	田村（姓氏）
2. [出身]	しゅっしん	名詞	出身

3. [天気予報]	てんきよほう	名詞	天氣預報
4. [今夜]	こんや	名詞	今晚
5. [気温]	きおん	名詞	氣溫
6. [なる]	なる	動詞	變成
7. [風邪]	かぜ	名詞	傷風感冒
8. [引く]	ひく	動詞	感染（感冒）
9. [ちょうど]	ちょうど	副詞	正好；剛好
10. [心配する]	しんぱいする	動詞	擔心
11. [北国]	きたぐに	名詞	北國
12. [強い]	つよい	イ形容詞	強大的；強烈的

会話二　レインブーツとサンダル　🎧 MP3-004

葉 ：そのレインブーツ、素敵ですね。

大江：ありがとうございます。

　　　友達からの誕生日プレゼントです。

　　　最近ずっと雨ですから、よく履いています。

葉 ：天気予報によると、もう梅雨だそうですよ。

　　　靴が濡れますから、私はこの時期、いつもサンダルです。

大江：サンダル？　歩くときに滑りませんか。

　　　気を付けてください。

葉　：もう慣れましたから、心配しないでください。それにサンダルは快適ですよ。

新しい表現　　　　　　　　　　　　🎧MP3-005

1. [レインブーツ]	レインブーツ	名詞	雨靴
2. [大江]	おおえ	名詞	大江（姓氏）
3. [梅雨]	つゆ	名詞	梅雨季節
4. [濡れる]	ぬれる	動詞	淋濕；沾濕
5. [時期]	じき	名詞	時期
6. [サンダル]	サンダル	名詞	涼鞋
7. [歩く]	あるく	動詞	走路
8. [滑る]	すべる	動詞	滑動；滑行
6. [いる]	いる	動詞	必要
7. [快適]	かいてき	ナ形容詞	身心舒暢的
8. 気を付けてください。	きをつけてください。	務必小心。	

　明日は「台風休み」です。ニュースによると、明日の朝から雨や風が強くなるそうです。ですから、今夜から台風対策をしました。

　まず、窓や屋根を確認しました。次は食べ物です。でも、コンビニは臨時休業らしいです。仕方がなく遠いスーパーへ行きました。カップラーメンや卵、缶詰を買いました。これで安心です。大きい台風は、準備が大切です。

▶ **新しい表現** | 🎧 MP3-007

1. [台風]	たいふう	名詞	颱風
2. [台風休み]	たいふうやすみ	名詞	颱風假
3. [台風対策]	たいふうたいさく	名詞	防颱準備
4. [屋根]	やね	名詞	屋頂
5. [確認]	かくにん	名詞	檢查；確認
6. [コンビニ]	コンビニ	名詞	便利商店
7. [臨時休業]	りんじきゅうぎょう	名詞	臨時公休
8. [スーパー]	スーパー	名詞	超市
9. [カップラーメン]	カップラーメン	名詞	杯裝泡麵
10. [缶詰]	かんづめ かんづめ かんづめ	名詞	罐頭
11. [安心]	あんしん	名詞	放心；安心

12. [準備]	じゅんび	名詞	準備
13. [大切]	たいせつ	ナ形容詞	重要的
14. 仕方がない。	しかたがない。	沒辦法；無可奈何。	

目標：能聽懂天氣預報。

1. 由老師說明各種天氣相關用語。

晴れ（は）	曇り（くも）	雨（あめ）	大雨（おおあめ）	霧（きり）
寒波（かんぱ）	雪（ゆき）	暖かい（あたた）	蒸し暑い（む・あつ）	寒い（さむ）

2. 接著請看臺灣地圖，聆聽天氣預報，不看文字，在下面表格內填妥各地天氣狀況。

地名（ちめい）	天気（てんき）
①	
②	
③	
④	
⑤	
⑥	
⑦	
⑧	

3. 填妥之後再與同學互對答案。

4. 接著閱讀以下的播報文稿，同時聆聽聲音，並且慢一拍跟著朗讀。

(天気予報_{てんきよほう}の画面_{がめん})

　みなさん、こんばんは。今日_{きょう}は寒_{さむ}い一日_{いちにち}でした。台湾北部_{たいわんほくぶ}は今日_{きょう}から寒波_{かんぱ}が接近_{せっきん}しています。

　では、明日_{あした} 12 月_{じゅうにがつ} 1 日_{ついたち}の全国_{ぜんこく}の天気_{てんき}です。高雄_{たかお}、屏東_{へいとう}は晴_はれでしょう。台_{たい}南_{なん}、嘉義_{かぎ}、雲林_{うんりん}は午前中_{ごぜんちゅう}は雨_{あめ}ですが、午後_{ごご}からは晴_はれです。台中_{たいちゅう}、彰化_{しょうか}、南投_{なんとう}は曇_{くも}りでしょう。苗栗_{ミャオリー}は大雨_{おおあめ}でしょう。

　次_{つぎ}に北部_{ほくぶ}の天気_{てんき}です。桃園_{とうえん}、新竹_{しんちく}は晴_はれでしょう。台北_{たいぺい}は曇_{くも}りのち晴_はれで、基隆_{キールン}は晴_はれ時々曇_{ときどきくも}りでしょう。そして、東部_{とうぶ}の天気_{てんき}です。宜蘭_{ぎらん}は曇_{くも}りでしょう。花蓮_{ファーリェン}は曇_{くも}りのち雨_{あめ}で、台東_{たいとう}は大雨_{おおあめ}でしょう。

　次_{つぎ}は気温_{きおん}です。最高気温_{さいこうきおん}は高雄_{たかお}で 16 度_{じゅうろくど}、その他_{ほか}の地域_{ちいき}では 12 度_{じゅうにど}ぐらいでしょう。最低気温_{さいていきおん}は今日_{きょう}と大体同_{だいたいおな}じで 7 度_{ななど}から 9 度_{きゅうど}ぐらいでしょう。

1. [北部]	ほくぶ	名詞	北部
2. [寒波]	かんぱ	名詞	寒流
3. [接近する]	せっきんする	動詞	接近
4. [全国]	ぜんこく	名詞	全國
5. [晴れ]	はれ	名詞	放晴；晴天
6. [午前]	ごぜん	名詞	上午
7. [曇り]	くもり	名詞	陰天
8. [東部]	とうぶ	名詞	東部
9. [大雨]	おおあめ	名詞	大雨
10. [最高]	さいこう	名詞	最高
11. [最低]	さいてい	名詞	最低
12. [のち]	のち のち	名詞	之後
13. [地域]	ちいき	名詞	地區
14. [大体]	だいたい	副詞	大概；大致

▶ 活動二（かつどう）

目標：能說明、書寫家鄉的氣候特徵。

1. 請參考下面範例，在學習單上寫下自己故鄉的氣候特徵。

私（わたし）の故郷（ふるさと）は基隆（キールン）です。基隆（キールン）は雨（あめ）が多（おお）いところです。１１月（じゅういちがつ）から２月（にがつ）までの冬（ふゆ）は寒（さむ）いです。３月（さんがつ）からだんだん暖（あたた）かくなります。春（はる）が短（みじか）いです。５月（ごがつ）から梅雨（つゆ）で毎日雨（まいにちあめ）です。６月（ろくがつ）から暑（あつ）くなります。７月（しちがつ）から１０月（じゅうがつ）までは夏（なつ）です。最高気温（さいこうきおん）は３３度（さんじゅうさんど）ぐらいです。１０月（じゅうがつ）から短（みじか）い秋（あき）になります。ぜひ遊（あそ）びに来（き）てください。

2. 請同學兩人一組，互相介紹自己家鄉的天氣，或輪流上台介紹自己故鄉的天氣特徵。

私（わたし）の故郷（ふるさと）は＿＿＿＿＿＿＿です。

ぜひ遊（あそ）びに来（き）てください。

1.	[故郷]	ふるさと	名詞	故郷
2.	[だんだん]	だんだん	副詞	逐漸地
3.	[春]	はる	名詞	春季
4.	[夏]	なつ	名詞	夏季
5.	[秋]	あき	名詞	秋季

▶ 1. 明日から寒くなります。

陳さんは日本語が上手になりました。

弟は大学生になりました。

▶ 2. 今日病院へ行くそうです。

明日のテストは難しいそうです。

春は桜がとてもきれいだそうです。

音楽の先生は台湾人だそうです。

ハンバーグは美味しかったそうです。

東京では雪が降っているそうです。

▶ 3. 今日田中さんは休むらしいです。

あの先生の授業は面白いらしいです。

ここのそばはとても有名らしいです。

明日は雨らしいです。

仕事は大変だったらしいです。

田中さんは英語を勉強しているらしいです。

▶ 4. 体に気を付けてください。

窓を閉めてください。

あまり心配しないでください。

宿題を忘れないでくださいね。

▶5. 天気予報によると、雪が降るらしいです。

ニュースによると、今年の夏は暑くなるそうです。

▶6. 明日から早く起きます。

子供たちは元気に遊んでいます。

▶7. A：明日の授業は何時から始まりますか。
B：明日は休みですよ。

A：すみません、フリー Wi-Fi はありますか。
B：ありますよ。

📓 補足　　　　　　　　　　　　　　　　　　　　🎧 MP3-013

1. [休む]	やすむ	動詞	休息
2. [フリー Wi-Fi]	フリーワイファイ	名詞	免費無線網路
3. [面白い]	おもしろい	イ形容詞	有趣的
4. [病院]	びょういん	名詞	醫院
5. [閉める]	しめる	動詞	關閉
6. [始まる]	はじまる	動詞	開始

練習問題（れんしゅうもんだい）

一、請依照範例變化

例 雨（あめ）が降（ふ）ります（そうです）

　⇒ 雨（あめ）が降（ふ）るそうです。

1. 台風（たいふう）が来（き）ます（そうです）

　⇒ _____

2. 田村（たむら）さんは今日（きょう）休（やす）みました（らしいです）

　⇒ _____

3. ３Ｄ映画（スリーディーえいが）が面白（おもしろ）いです（そうです）

　⇒ _____

4. 時間（じかん）がかかります（らしいです）

　⇒ _____

5. 体調（たいちょう）が良（よ）くなりました（そうです）

　⇒ _____

二、中翻日

1. 根據天氣預報，下週會變熱。

　⇒ _____

2. 請早點休息。

　⇒ _____

3. 請別在醫院使用手機。

   ⇒ _____

4. 大學同學成為了畫家。

   ⇒ _____

5. 下午好像還會下雪。

   ⇒ _____

三、重組

1. 来週／台風が／来るそうです／ニュースによると

   ⇒ _____

2. らしいですよ／ケーキは／あの店の／美味しい

   ⇒ _____

3. 飲まないでください／ジュースを／電車の中で

   ⇒ _____

4. 静かに／もうすぐ／待ってください／始まりますから

   ⇒ _____

5. 午後8時から／安くなります／値段は／魚の／この店の

   ⇒ _____

四、配合題：依照正確用法填入括號

1. すみませんが、窓（ まど ）（ し ）閉めてください。   a よ

2. 図書館（としょかん）の中（なか）（ ）コーヒーを飲（の）まないでください。   b が

3. 新聞（しんぶん）によると、明日（あした）雪（ゆき）（ ）降（ふ）るそうです。   c で

4. 今日（きょう）は休（やす）みです（ ）。   d に

5. 彼（かれ）は先生（せんせい）（ ）なったらしいです。   e を

五、看圖依指示句型回答問題

1. 明日（あした）の天気（てんき）はどうですか。（〜そうです）

⇒ ＿＿＿＿＿＿＿＿＿＿＿＿＿＿＿＿＿＿＿＿＿

2. どうして人（ひと）が集（あつ）まっていますか。（〜らしいです）

⇒ ＿＿＿＿＿＿＿＿＿＿＿＿＿＿＿＿＿＿＿＿＿

3. 今回のテストはどうでしたか。（イ形容詞＋く＋なる）

⇒ _____

4. A：新しいスマホが欲しいです。（～ないでください）

⇒B：_____

5. A：ちょっとコンビニに行ってきます。（～てください）

⇒B：_____

補足 ほそく

1. [かかる]	かかる	動詞	花費
2. [体調]	たいちょう	名詞	身體狀況
3. [新聞]	しんぶん	名詞	報紙
4. [集まる]	あつまる	動詞	聚集
5. [事故]	じこ	名詞	交通事故
6. [もうすぐ]	もうすぐ	副詞	即將；馬上

MEMO

たいちょう
体調

がくしゅうもくひょう
学習目標

1. 能表達自己的身體狀況。
2. 能對朋友說明身體不適的狀況。
3. 對身體狀況不佳的朋友能給予建議。

1. 教室で <きょうしつ>

2. 保健室で <ほ けんしつ>

3. 病院で <びょういん>

4. 教室で <きょうしつ>

会話一（かいわ）　風邪（かぜ）みたいです

患者（かんじゃ）　：すみません。診察（しんさつ）の受付（うけつけ）をお願（ねが）いします。

看護師（かんごし）：どうされましたか。

患者（かんじゃ）　：風邪（かぜ）みたいです。咳（せき）と鼻水（はなみず）が出（で）ます。それから熱（ねつ）もあります。

看護師（かんごし）：いつからですか。

患者（かんじゃ）　：一週間前（いっしゅうかんまえ）からです。四日前（よっかまえ）に他（ほか）の病院（びょういん）に行（い）きました。でも、ずっと熱（ねつ）が下（さ）がりません。

看護師（かんごし）：その病院（びょういん）の先生（せんせい）は何（なん）と言（い）っていましたか。

患者（かんじゃ）　：「風邪（かぜ）ですね」と言（い）っていました。

看護師（かんごし）：薬（くすり）は飲（の）みましたか。

患者（かんじゃ）　：はい、もう飲（の）みました。

看護師（かんごし）：じゃ、今日（きょう）の食事（しょくじ）は？

患者（かんじゃ）　：いいえ、食欲（しょくよく）がありませんから、まだ食（た）べていません。

看護師（かんごし）：わかりました。そちらでお待（ま）ちください。

1. [患者]	かんじゃ	名詞	患者；病人
2. [看護師]	かんごし	名詞	護士
3. [診察]	しんさつ	名詞	看病；檢查
4. [受付]	うけつけ	名詞	櫃臺；報到處
5. [咳]	せき	名詞	咳嗽
6. [鼻水]	はなみず はなみず	名詞	鼻水
7. [熱]	ねつ	名詞	發燒
8. [下がる]	さがる	動詞	（發燒的）退燒
9. [もう]	もう	副詞	已經
10. [他]	ほか	名詞	另外；其他
11. [薬]	くすり	名詞	藥
12. [食欲]	しょくよく しょくよく	名詞	食欲
13. どうされましたか。			您怎麼了？
14. そちらでお待ちください。	そちらでおまちください。		請在那裡稍等。

会話二　インフルエンザが流行っています

🎧 MP3-018

看護師：次の方、どうぞ。

患者　：よろしくお願いします。

医者　：一週間前から熱があるそうですね。

患者　：ええ、風邪のようです。でも、ずっと熱が下がりません。

医者　：今年、インフルエンザの予防注射を打ちましたか。

患者　：いいえ、打ちませんでした。

医者　：今、流行っていますからね。インフルエンザかもしれません。ちょっと検査してみましょう。

　　　　……（検査の後）……

医者　：やっぱり、インフルエンザですね。薬を出します。それを飲んだら、治るでしょう。

1.	[医者]	いしゃ	名詞	醫生
2.	[今年]	ことし	名詞	今年
3.	[インフルエンザ]	インフルエンザ	名詞	流行性感冒
4.	[予防]	よぼう	名詞	預防
5.	[注射]	ちゅうしゃ	名詞	注射；打針
6.	[打つ]	うつ	動詞	打（疫苗、針）
7.	[流行る]	はやる	動詞	流行；蔓延
8.	[検査する]	けんさする	動詞	檢查
9.	[出す]	だす	動詞	出；送
10.	[治る]	なおる	動詞	康復；痊癒
11.	次の方、どうぞ。	つぎのかた、どうぞ。		下一位，請進。

▶ 本文 | 怪我をしてしまいました
🎧 MP3-020

先週、怪我をしてしまいました。私はバイクで大学に通っています。突然、猫が飛び出しました。びっくりして転んでしまいました。

右の腕がとても痛かったです。それで、病院に行きました。先生は「骨にひびが入っているようですね」と言っていました。それから、先生は私にギブスを付けました。

私は右手で字を書きます。箸も右手です。ギブスを付けたら、とても不便です。今は字も箸も左手です。毎日、大変です。

▶ 新しい表現
🎧 MP3-021

1. [怪我]	けが	名詞	傷；受傷
2. [通う]	かよう	動詞	上學；上班
3. [突然]	とつぜん	副詞	突然
4. [飛び出す]	とびだす	動詞	跑出來；跳出
5. [びっくりする]	びっくりする	動詞	吃驚
6. [転ぶ]	ころぶ	動詞	跌倒
7. [それで]	それで	接続詞	因此
8. [右]	みぎ	名詞	右；右邊
9. [腕]	うで	名詞	手臂
10. [痛い]	いたい	イ形容詞	疼痛的

11. [骨]	ほね	名詞	骨頭
12. [ひび]	ひび	名詞	裂痕；龜裂
13. [ギブス]	ギブス	名詞	石膏繃帶
14. [付ける]	つける	動詞	打上（石膏）
15. [右手]	みぎて	名詞	右手
16. [字]	じ	名詞	字
17. [箸]	はし	名詞	筷子
18. [左手]	ひだりて	名詞	左手
19. [不便]	ふべん	ナ形容詞	不方便的
20. [大変]	たいへん	ナ形容詞	困難的；非常的

▶ 活動一
かつどう

目標：能說明自己身體哪裡不舒服。

1. 請先閱讀，確認後面【補足】及【新しい表現】的單字。
ほそく　　　　　あたら　ひょうげん

2. 扮演身體不舒服的角色，填寫下面的對話句。

3. 兩人一組練習自己寫好的對話，再換角色練習。

　　A：Bさん、大丈夫ですか。
　　　　　　　　だいじょうぶ

　　B：ええ、ちょっと＿＿＿＿＿＿が痛くて……。
　　　　　　　　　　　　　　　　いた

　　　　＿＿＿＿＿＿ようです。

　　A：じゃあ、＿＿＿＿＿＿＿＿＿＿ください。

　　　　それから、ゆっくり休んだら、治りますよ。
　　　　　　　　　　　　　　やす　　　　なお

　　B：わかりました。

補足				🎧 MP3-022
1. ［頭］	あたま	名詞	頭	
2. ［お腹］	おなか	名詞	肚子	
3. ［食あたり］	しょくあたり しょくあたり	名詞	食物中毒	
4. ［虫歯］	むしば	名詞	蛀牙	
5. ［保健室］	ほけんしつ	名詞	醫務室	
6. ［歯医者］	はいしゃ	名詞	牙醫；牙醫診所	
7. ［ゆっくり］	ゆっくり	副詞	慢慢地；好好地（休息）	

目標：在生活上碰到問題時，能回應對方如何處理。

1. 請先閱讀，確認後面【補足（ほそく）】及【新しい表現（あたら）（ひょうげん）】的單字。

2. 請參考下面例句，填寫學習單上Ｂさん的對應。

　　Ａ：もし<u>病気（びょうき）になったら</u>、どうしますか。
　　Ｂ：<u>近（ちか）くの病院（びょういん）に行（い）きます</u>。

3. 兩人一組練習自己寫好的對話，再換角色練習。

Ａさん	Ｂさん
<ruby>病気<rt>びょうき</rt></ruby>になる	
スマホを<ruby>忘<rt>わす</rt></ruby>れる	
<ruby>財布<rt>さいふ</rt></ruby>を<ruby>落<rt>お</rt></ruby>とす	
<ruby>転<rt>ころ</rt></ruby>んで<ruby>血<rt>ち</rt></ruby>が<ruby>出<rt>で</rt></ruby>る	
<ruby>事故<rt>じこ</rt></ruby>を<ruby>起<rt>お</rt></ruby>こす	
<ruby>学食<rt>がくしょく</rt></ruby>が<ruby>混<rt>こ</rt></ruby>んでいる	

🎧 MP3-023

1. [もし]	もし	副詞	如果
2. [病気]	びょうき	名詞	病
3. [落とす]	おとす	動詞	丟掉；落下
4. [血]	ち	名詞	血
5. [起こす]	おこす	動詞	發起；喚醒
6. [警察]	けいさつ	名詞	警察
7. [救急車]	きゅうきゅうしゃ	名詞	救護車
8. [呼ぶ]	よぶ	動詞	呼叫
9. [財布]	さいふ	名詞	錢包
10. [学食]	がくしょく	名詞	學校的餐廳
11. [混む]	こむ	動詞	擁擠
12. どうしますか。			你怎麼辦？

第十二課

体調 ^{たいちょう}

▶1. 明日、彼は休むようです。

彼は足が痛いようです。

テストは簡単なようです。

彼は風邪のようです。

陳さんは昨日家に帰らなかったようです。

雨が降っているようです。

▶2. 明日、彼は休むみたいです。

彼は足が痛いみたいです。

テストは簡単みたいです。

彼は風邪みたいです。

陳さんは昨日家に帰らなかったみたいです。

雨が降っているみたいです。

▶3. 風邪を引いてしまいました。

好きな漫画が終わってしまいました。

▶4. 明日、彼は病院に行くでしょう。

彼は足が速いでしょう。

新しい部屋は静かでしょう。

明日は雨でしょう。

昨日東京は寒かったでしょう。

子供はもう寝ているでしょう。

▶5. 明日、雨が降るかもしれません。

この料理は美味しいかもしれません。

彼はこの料理が好きかもしれません。

彼は学生かもしれません。

彼は昨日来なかったかもしれません。

田中さんは今休んでいるかもしれません。

▶6. もう薬を飲みました。

まだ薬を飲んでいません。

薬を飲みませんでした。

▶7. 彼は明日来ると言っていました。

彼は「明日来ます」と言っていました。

▶8. この薬を飲んだら、病気は治ります。

たくさん練習したら、すぐ上手になります。

この薬を飲まなかったら、病気は治りません。

怪我が治らなかったら、病院に行ってください。

動詞＋「たら」

動詞の種類	辞書形	動詞＋「たら」
上一段動詞 下一段動詞	いる	いたら
	起きる	起きたら
	出る	出たら
	食べる	食べたら
	寝る	寝たら
五段動詞	書く	書いたら
	泳ぐ	泳いだら
	言う	言ったら
	立つ	立ったら
	帰る	帰ったら
	読む	読んだら
	死ぬ	死んだら
	呼ぶ	呼んだら
	話す	話したら
カ行変格動詞	来る	来たら
サ行変格動詞	する	したら
	散歩する	散歩したら

練習問題 れんしゅうもんだい

一、請依照範例變化

例 風邪 かぜ を引 ひ きます。

　⇒ 風邪 かぜ を引 ひ いてしまいました。

1. お金 かね を忘 わす れます。

　⇒ _____

2. 弟 おとうと のケーキを食 た べます。

　⇒ _____

3. 授業 じゅぎょう で寝 ね ます。

　⇒ _____

4. バイクで怪我 けが をします。

　⇒ _____

5. 好 す きな漫画 まんが が終 お わります。

　⇒ _____

二、請依照例題作答

例 薬 くすり を飲 の みましたか。

　⇒ はい、もう飲 の みました。

　⇒ いいえ、まだ飲 の んでいません。

1. 昼ごはんを食べましたか。

   ⇒ はい、＿＿＿＿＿＿＿＿＿＿＿＿＿＿＿＿＿＿＿＿＿＿＿＿

2. （電話で）レストランに着きましたか。

   ⇒ いいえ、＿＿＿＿＿＿＿＿＿＿＿＿＿＿＿＿＿＿＿＿＿＿＿

3. この前紹介した映画、見ましたか。

   ⇒ はい、＿＿＿＿＿＿＿＿＿＿＿＿＿＿＿＿＿＿＿＿＿＿＿＿

4. この前あげたＣＤ、聞きましたか。

   ⇒ いいえ、＿＿＿＿＿＿＿＿＿＿＿＿＿＿＿＿＿＿＿＿＿＿＿

5. 今日の宿題、しましたか。

   ⇒ いいえ、＿＿＿＿＿＿＿＿＿＿＿＿＿＿＿＿＿＿＿＿＿＿＿

三、請依照例題完成句子

例 薬を（ 飲んだら ）、よくなるでしょう。（飲む）

1. 病気が（　　　　　　　）、旅行に行きたいです。（治る）

2. たくさん（　　　　　　　）、すぐ上手になります。（練習する）

3. 宿題が（　　　　　　　）、一緒に遊びましょう。（終わる）

4. 台風が（　　　　　　）、学校は休みになるかもしれません。（来る）

四、重組

1. よくなるでしょう／天気（てんき）は／来週（らいしゅう）の

   ⇒ _____

2. 謝（しゃ）さんは／行（い）ったようです／病院（びょういん）に

   ⇒ _____

3. 高（たか）い／買（か）ってしまいました／ゲームを／子供（こども）が

   ⇒ _____

4. 雨（あめ）が／明日（あした）の／午後（ごご）は／降（ふ）るかもしれません

   ⇒ _____

5. 休（やす）むと／授業（じゅぎょう）を／林（りん）さんは／午後（ごご）の／言（い）っていました

   ⇒ _____

五、請依照例題完成句子

例 風邪（かぜ）です（　みたいです　）
⇒ 風邪（かぜ）みたいです。

1. バイクの事故（じこ）です（　ようです　）

   ⇒ _____

2. 明日（あした）は雨（あめ）です（　かもしれません　）

   ⇒ _____

3. 留学生の林さんは学校の生活に慣れました（　みたいです　）

⇒ _____

4. 佐藤さんは甘いものが苦手です（　ようです　）

⇒ _____

5. 山田さんは今日の授業に来ません（　かもしれません　）

⇒ _____

六、中翻日

1. 感冒了，但還沒去醫院。

⇒ _____

2. 醫生說「沒事」。

⇒ _____

3. 如果病治好了，就一起去買東西吧。

⇒ _____

第十三課

外国語（がいこくご）

だいじゅうさん か

1. 能表達自己會的外語（聽、說、讀、寫能力），並詢問他人。
2. 能說明自己學習外語的狀況（學什麼外語、在哪裡學、學多久）。
3. 能說明自己學習該外語的理由，並詢問他人。
4. 不知日文怎麼說時，能詢問他人（聞き返し）。
5. 能使用會話策略（コミュニケーションストラテジー）積極與對方溝通。

1. 国際交流会で

2. ジューススタンドで

3. 休憩時間

4. 学校の食堂で

会話一（かいわ）　ＳＮＳ（エスエヌエス）を始（はじ）めました　🎧 MP3-027

田中（たなか）：林（りん）さん、日本語（にほんご）の勉強（べんきょう）はどうですか。

林（りん）：ええ、楽（たの）しいですよ。日本語（にほんご）が大好（だいす）きです。

田中（たなか）：最近（さいきん）、ますます上手（じょうず）になりましたね。

林（りん）：いいえ、まだまだです。

田中（たなか）：そんなことありませんよ。じゃあ、日本語（にほんご）でメールやメッセージを打（う）つこともできますか。

林（りん）：はい、できます。授業（じゅぎょう）で習（なら）いましたから。でも漢字（かんじ）を変換（へんかん）するのが難（むずか）しいです。じゃあ、田中（たなか）さんは？　中国語（ちゅうごくご）でできますか。

田中（たなか）：いいえ、あまりできませんが、最近（さいきん）、声（こえ）で入力（にゅうりょく）ができるようになりました。それで、ＳＮＳ（エスエヌエス）を始（はじ）めました。

林（りん）：そうですか、いいですね。

新（あたら）しい表現（ひょうげん）　🎧 MP3-028

1. ［ますます］	ますます	副詞	越來越
2. ［メッセージ］	メッセージ	名詞	訊息
3. ［習う］	ならう	動詞	學習
4. ［漢字］	かんじ	名詞	漢字
5. ［変換する］	へんかんする	動詞	改變；更換
6. ［できる］	できる	動詞	會

7. [中国語]	ちゅうごくご	名詞	中文
8. [声]	こえ	名詞	聲音
9. [入力]	にゅうりょく	名詞	輸入
10. そんなことありません。			事實並非如此。 （受稱讚時的謙虛表現）

会話二　グリーンエネルギー

渡辺：わぁ、すごい。あんなにいっぱい。

陳　：あれは風力発電ですよ。「緑色能源」は、日本語で何と言いますか。

渡辺：「グリーンエネルギー」です。地球の環境を守るのは大切なことですよね。

陳　：ええ、これは世界が注目しています。

渡辺：風力発電機は海の上にあるんですね。

陳　：はい、海は広いし、風が強いですから、たくさん発電できます。

渡辺：それで安心できる未来が作れます。

1. [風力発電]	ふうりょくはつでん	名詞	風力發電
2. [グリーンエネルギー]	グリーンエネルギー	名詞	綠色能源
3. [地球]	ちきゅう	名詞	地球
4. [環境]	かんきょう	名詞	環境
5. [守る]	まもる	動詞	保護
6. [注目する]	ちゅうもくする	動詞	專注於它
7. [風力発電機]	ふうりょくはつでんき	名詞	風力發電機
8. [発電]	はつでん	名詞	發電
9. [未来]	みらい	名詞	未來

第十三課

外国語

　台湾に留学して、もうすぐ一年たちます。最初は授業で先生が言っていることがわかりませんでした。でも今では少しわかるようになりましたし、友達と中国語でおしゃべりもできるようになりました。

　私は台北に住んでいます。台北は外国人もたくさん住んでいるし、レストランでいろいろな国の料理も食べられます。それに最近は、日系のお店も増えましたから、日本の物も安く買えるようになりました。

　来年から大学の近くで一人暮らしをします。部屋を探すのは大変だと思いますが、安くて明るい部屋に住みたいです。

▶ **新しい表現** |　　　🎧 MP3-032

1. [留学する]	りゅうがくする	動詞	出國留學
2. [たつ]	たつ	動詞	經過
3. [最初]	さいしょ	名詞	第一次
4. [少し]	すこし	副詞	一點點
5. [外国人]	がいこくじん	名詞	外國人
6. [国]	くに	名詞	國家
7. [日系]	にっけい	名詞	日系
8. [増える]	ふえる	動詞	增加
9. [一人暮らし]	ひとりぐらし	名詞	獨自生活
10. [探す]	さがす	動詞	尋找

▶ 活動一（かつどう）

目標：能表達自己的能力變化，並與同伴互相詢問相關問題。

1. 與小時候相比，你能做什麼？請參考例句，在下面寫下一句你的變化。

    例1 外国人（がいこくじん）と英語（えいご）で話（はな）せるようになりました。

    例2 高校生（こうこうせい）になって、ピアノが弾（ひ）けるようになりました。

2. 兩人一組，互相發表所寫的內容。請在聽完同伴學習單的發表後，如下面例句

    互相詢問，任意提問和內容相關的事情。

    例 A：最近（さいきん）、動画（どうが）の日本語（にほんご）が聞（き）き取（と）れるようになりました。

    B：じゃ、面白（おもしろ）い動画（どうが）を一つ（ひと）、紹介（しょうかい）してください。

🎧 MP3-033

📖 補足（ほそく）

1. [ピアノ]	ピアノ	名詞	鋼琴
2. [弾く]	ひく	動詞	彈
3. [動画]	どうが	名詞	動畫片
4. [聞き取る]	ききとる	動詞	聽懂

目標：能詢問某個語詞日文怎麼說。

1. 請先閱讀下面表格內的單字，學習【<ruby>補足<rt>ほ そく</rt></ruby>】的表達。

2. 請看表格內的例子，查字典並在表格內填寫妥中、日文。

3. 兩人一組，A是台灣人說中文，B當日本人說日語。

4. 請參照例句進行對話，結束後換角色再進行。

例 A：「緑色能源」は<ruby>日本語<rt>に ほん ご</rt></ruby>で<ruby>何<rt>なん</rt></ruby>と<ruby>言<rt>い</rt></ruby>いますか。

B：「グリーンエネルギー」です。

A：わかりました。ありがとうございます。

B：いいえ。

A

	<ruby>中国語<rt>ちゅうごく ご</rt></ruby>	<ruby>日本語<rt>に ほん ご</rt></ruby>
例	緑色能源	グリーンエネルギー
1	和平	
2		<ruby>気候変動<rt>き こうへんどう</rt></ruby>
3	夥伴關係	
4		ジェンダー<ruby>平等<rt>びょうどう</rt></ruby>
5	海洋資源	
6		インフラ

B

	中国語 （ちゅうごくご）	日本語 （にほんご）
例	緑色能源	グリーンエネルギー
1		平和 （へいわ）
2	氣候變遷	
3		パートナーシップ
4	性別平等	
5		海洋資源 （かいようしげん）
6	基礎建設	

□ 補足（ほそく）　 MP3-034

1.	[平和]	へいわ	名詞	和平
2.	[気候変動]	きこうへんどう	名詞	氣候變遷
3.	[パートナーシップ]	パートナーシップ	名詞	夥伴關係
4.	[ジェンダー平等]	ジェンダーびょうどう	名詞	性別平等
5.	[海洋資源]	かいようしげん	名詞	海洋資源
6.	[インフラ]	インフラ	名詞	基礎建設 「インフラストラクチャー」的縮寫

▶ 1. 私は中国語でメールが打てます。

　　図書館でパソコンが使えます。

▶ 2. 私は日本語を話すことができます。

　　ここでお弁当を食べることができます。

▶ 3. 私は料理が作れるようになりました。

　　学生は日本語で自己紹介できるようになりました。

▶ 4. 陳さんは日本語も話せるし、とても親切な人です。

　　新しい店の料理は安いし、美味しいです。

　　このアパートは静かだし、学校に近いです。

　　この映画は面白かったし、感動しました。

　　私は最近運動しているし、食事にも気を付けています。

▶ 5. 私の趣味は映画を見ることです。

　　一番大切なのは、毎日練習することです。

▶ 6. 「謝謝」は日本語で何と言いますか。

　　「ありがとうございます」は台湾語で何と言いますか。

補足

1. [趣味]	しゅみ	名詞	興趣
2. [台湾語]	たいわんご	名詞	台語
3. [気を付ける]	きをつける		小心

動詞の「可能」形

動詞の種類	辞書形	「可能」形
上一段動詞 下一段動詞	いる	いられる
	起きる	起きられる
	出る	出られる
	食べる	食べられる
	寝る	寝られる
五段動詞	読む	読める
	行く	行ける
	終わる	終われる
	帰る	*帰れる
	話す	話せる
カ行変格動詞	来る	来られる
サ行変格動詞	する	できる
	散歩する	散歩できる

＊為特殊用法，請注意

一、代換練習

例 日本語を話す
⇒ 日本語を話すことができます。
⇒ 日本語が話せます。

1. この靴を履く

   ⇒ _____

   ⇒ _____

2. 刺身を食べる

   ⇒ _____

   ⇒ _____

3. ５００円でたくさん買う

   ⇒ _____

   ⇒ _____

4. 明日の朝、早く来る

   ⇒ _____

   ⇒ _____

5. インターネットで予約する

   ⇒ _____

   ⇒ _____

二、請依照例題完成以下句子：

例 （新しい雑誌が見られます、ＣＤが借りられます）

⇒ あの図書館は、<u>新しい雑誌が見られるし、ＣＤも借りられます。</u>

1. （いつも優しいです、よくお小遣いをくれます）

⇒ 私のおじいさんは、＿＿＿＿＿＿＿＿＿＿＿＿＿＿＿＿＿＿

2. （英語が話せます、とても親切です）

⇒ 林さんは、＿＿＿＿＿＿＿＿＿＿＿＿＿＿＿＿＿＿＿＿＿

3. （駅から近いです、かわいい服が買えます）

⇒ このデパートは、＿＿＿＿＿＿＿＿＿＿＿＿＿＿＿＿＿＿＿

三、請在括號內填寫最適合的助詞

1. このレストランでは、どんな料理（　　　）食べられますか。

2. 私（　　　）趣味は映画を見ることです。

3. 一人でこの公園を散歩するの（　　　）好きです。

4. 「友達」は中国語で何（　　　）言いますか。

5. この本に書いていること（　　　）わかりますか。

四、配合題

例 日本のドラマの会話が　（　c　）　　　a　あまり上手ではありません

1. この店内で　　　　　　（　　）　　　b　飲めません

2. 毎日練習しましたから　（　　）　　　c　聞き取れました

3. 絵を描くのが　　　　　（　　）　　　d　よくわかりました

4. 私はお酒が　　　　　　（　　）　　　e　食べることができますか

5. 韓国語が難しいことが　（　　）　　　f　泳げるようになりました

📖 補足　　　　　　　　　　　　　　　　　　　　　🎧 MP3-037

1. [インターネット]	**インターネット**	名詞	網路
2. [借りる]	**かりる**	動詞	借（入）
3. [お小遣い]	**おこづかい** **おこづかい**	名詞	零用錢
4. [近い]	**ちかい**	イ形容詞	近的
5. [服]	**ふく**	名詞	衣服
6. [ドラマ]	**ドラマ**	名詞	戲劇
7. [絵]	**え**	名詞	繪畫
8. [描く]	**かく**	動詞	畫畫（繪）
9. [韓国語]	**かんこくご**	名詞	韓文
10. [泳ぐ]	**およぐ**	動詞	游泳

第十四課
（だいじゅうよんか）

こんご　　　　けいかく
今後の計画

1. バスで

2. 部活^{ぶかつ}の教室^{きょうしつ}で

3. 教室^{きょうしつ}で

4. 階段^{かいだん}の前^{まえ}で

会話一　ワーキングホリデー　🎧 MP3-039

黄　　　：アリスさん、来年卒業したら、マレーシアに帰りますか。

アリス：はい、国に帰って会計事務所で仕事するつもりです。黄さんは？

黄　　　：日本へワーキングホリデーに行こうと思っています。日本の職場を体験したり、週末には旅行に行ったりしたいです。

アリス：いいですね。じゃ、台湾に帰った後、どんな仕事がしたいですか。

黄　　　：日本の体験を生かせる仕事をしようと思っています。

アリス：お互いに頑張りましょう。

新しい表現　🎧 MP3-040

1. [仕事]	しごと	名詞	工作
2. [ワーキングホリデー]	ワーキングホリデー	名詞	打工度假
3. [週末]	しゅうまつ	名詞	週末
4. [会計事務所]	かいけいじむしょ	名詞	會計事務所
5. [決める]	きめる	動詞	決定
6. [職場]	しょくば	名詞	職場
7. [体験する]	たいけんする	動詞	經歷；經驗
8. [生かす]	いかす	動詞	活用
7. [お互いに]	おたがいに	副詞	互相

羅：大学のお知らせによると、今年から第二外国語の科目が増えるそうですよ。

林：そうですね。日本語、ドイツ語の他に、韓国語とフランス語、スペイン語、ベトナム語が増えるらしいです。

羅：林さんは何か勉強しますか。

林：日本語が勉強したいです。アニメが好きですから。羅さんは？

羅：韓国語が面白そうです。

林：文法が難しそうですよ。でも、どうして韓国語が学びたいんですか。

羅：韓国の文化に興味があります。映画とかドラマとか。それに K-POP も好きですから。

林：なるほど。じゃ、一緒に第二外国語を選択しましょう。

新しい表現　MP3-042

1. [第二外国語]	だいにがいこくご	名詞	第二外語
2. [学ぶ]	まなぶ	動詞	學習
3. [お知らせ]	おしらせ	名詞	通知
4. [フランス語]	フランスご	名詞	法語
5. [ドイツ語]	ドイツご	名詞	德語
6. [ベトナム語]	ベトナムご	名詞	越南語
7. [スペイン語]	スペインご	名詞	西班牙語

8.	[文法]	ぶんぽう	名詞	文法
9.	[文化]	ぶんか	名詞	文化
10.	[興味]	きょうみ	名詞	興趣
11.	[科目]	かもく	名詞	科目
12.	[選択する]	せんたくする	動詞	選擇
13.	[なるほど]	なるほど	副詞；感嘆詞	原來如此

　私は国際貿易学科の学生です。二年生になったら、ダブルメジャーで日本語を学ぼうと思っています。

　日本語学科では日本語だけではなく、文学、文化、ビジネスの勉強ができます。それから日本へ実習に行けます。実習では国際貿易学科で勉強した知識が役に立ちそうです。

　私たちの学科では、授業中、英語で討論しています。将来は日本語でできるようになりたいです。グローバル時代ですから、ビジネスはもちろん、たくさんの言葉が話せることも大切だと思います。

▶ **新しい表現** 🎧 MP3-044

1. [ダブルメジャー]	ダブルメジャー	名詞	雙主修
2. [国際貿易学科]	こくさいぼうえきがっか	名詞	國貿系
3. [文学]	ぶんがく	名詞	文學
4. [ビジネス]	ビジネス	名詞	商業
5. [実習]	じっしゅう	名詞	實習
6. [役に立つ]	やくにたつ	動詞	有助益
7. [知識]	ちしき	名詞	知識
8. [授業中]	じゅぎょうちゅう	名詞	上課中
9. [討論する]	とうろんする	動詞	討論

10. [将来]	しょうらい	名詞	將來
11. [グローバル時代]	グローバルじだい	名詞	全球化時代
12. [もちろん]	もちろん	副詞	當然
13. [言葉]	ことば	名詞	語言

目標：能看狀況預測周遭事物。

1. 請看圖片，參考單字，就當時狀況與新資訊討論，並預測即將發生或周遭事物的進展。

2. 學生兩人一組交替互問，例如，看到圖 1。

　　A：どうなりそうですか。
　　B：看板が落ちそうです。

　接著，交換角色詢問。

狀況	對話：預測即將發生的事情
例 看板が落ちる ① 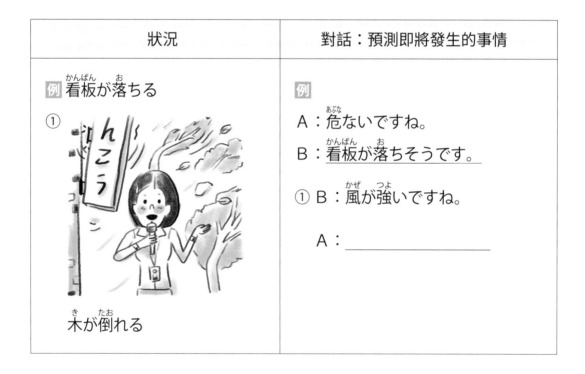 木が倒れる	例 A：危ないですね。 B：<u>看板が落ちそうです。</u> ① B：風が強いですね。 　　A：_____

②

目が悪くなる

② A：部屋が暗いですね。

B：_____

③

気温が高くなる
(地球温暖化問題)

③ B：これからどうなるでしょうか。

A：_____

④

授業に遅れる

④ A：バスが来ませんね。

B：_____

1. [看板]	かんばん	名詞	招牌
2. [落ちる]	おちる	動詞	掉落
3. [倒れる]	たおれる	動詞	倒塌
4. [遅れる]	おくれる	動詞	遲到

▶ **活動二（かつどう）**

目標：能表達自己將來想做的事情。

1. 與同學互動，分享畢業後想做的事情。使用「就職（しゅうしょく）する」、「留学（りゅうがく）する」、「進学（しんがく）する」、「世界（せかい）を一周（いっしゅう）する」，以及「～ようと思（おも）っています」、「～つもりです」、「～予定（よてい）です」等來回答。

2. 先寫妥學習單「自分（じぶん）」的部分，接著詢問同學，並互相回應。

質問（しつもん）	自分（じぶん）	＿＿＿＿さん	＿＿＿＿さん
大学（だいがく）を卒業（そつぎょう）したら、何（なに）をしようと思（おも）っていますか。			

1. [自分]	じぶん	名詞	自己
2. [就職する]	しゅうしょくする	動詞	就業
3. [進学する]	しんがくする	動詞	升學
4. [世界]	せかい	名詞	世界
5. [一周する]	いっしゅうする	動詞	環~一圈
6. [予定]	よてい	名詞	預定

第十四課 今後の計画

▶1. 今日は温泉に行こうと思います。

自分で料理を作ろうと思います。

▶2. 将来高雄に住むつもりです。

夏休みに北海道を旅行するつもりです。

冬休みに国へ帰らないつもりです。

私は家を買わないつもりです。

▶3. 明日は雨が降りそうです。

このケーキは美味しそうです。

韓国語の勉強は大変そうです。

明日は雨が降りそうにありません。

天気はあまりよくなさそうです。

この問題は簡単ではなさそうです。

▶4. 日曜日は、テレビを見たり、本を読んだりします。

私は夏休みにテニスをしたり泳いだりしました。

🗒 **補足**　^{ほそく}　🎧 MP3-048

---

1. [会議]	かいぎ	名詞	會議

2. [参加する]	**さんかする**	動詞	参加
3. [問題]	**もんだい**	名詞	問題
4. [日曜日]	**にちようび**	名詞	星期天
5. [テニス]	**テニス**	名詞	網球

動詞の「意向」形

動詞の種類	辞書形	「意向」形
上一段動詞 下一段動詞	いる	いよう
	起きる	起きよう
	出る	出よう
	食べる	食べよう
	決める	決めよう
五段動詞	行く	行こう
	帰る	帰ろう
	聞く	聞こう
	話す	話そう
	読む	読もう
	書く	書こう
カ行変格動詞	来る	来よう
サ行変格動詞	する	しよう
	選択する	選択しよう

練習問題

一、依提示完成句子

例 このケーキ・美味しい ⇒ このケーキは美味しそうです。

このケーキ・美味しくない ⇒ このケーキは美味しくなさそうです。

1. この袋・丈夫 ⇒ _____

2. そのかばん・重い ⇒ _____

3. この道具・便利 ⇒ _____

4. このコート・暖かい ⇒ _____

5. あの人・元気ではない ⇒ _____

6. あの映画・面白くない ⇒ _____

7. この辺・静かではない ⇒ _____

8. この練習問題・難しくない ⇒ _____

二、請依照例題作答

例 夏休みは何をしますか。（バイトする）

⇒ バイトしようと思っています。

1. 今度の休みは何をしますか。（映画を見る）

⇒ _____と思っています。

2. 授業の後で何をしますか。（漫画を読む）

⇒ _____と思っています。

3. 来月のバイトのお金で何を買いますか。（新しいスマホを買う）

⇒ ＿＿＿＿＿＿＿＿＿と思っています。

4. 今週の日曜日は何をしますか。（友達とショッピングする）

⇒ ＿＿＿＿＿＿＿＿＿と思っています。

5. 卒業した後、どうしますか。（外国で働く）

⇒ ＿＿＿＿＿＿＿＿＿と思っています。

三、依照例句提示完成句子

例 夜は寒くなる・コートを着て出かける
⇒ 夜は寒くなりそうですから、コートを着て出かけます。

1. 台風が来る・早く家に帰る

⇒ ＿＿＿＿＿＿＿＿＿＿＿＿＿＿＿＿＿＿

2. いい天気が続く・スニーカーを洗う

⇒ ＿＿＿＿＿＿＿＿＿＿＿＿＿＿＿＿＿＿

3. 授業に遅れる・クラスメートに連絡する

⇒ ＿＿＿＿＿＿＿＿＿＿＿＿＿＿＿＿＿＿

4. 雨が降る・傘を忘れないでください

⇒ ＿＿＿＿＿＿＿＿＿＿＿＿＿＿＿＿＿＿

四、請依照例題作答

例 Q：新しいパソコンを買いますか。

　　A１：はい、今のパソコンは遅いから、買うつもりです。

　　A２：いいえ、高いから、買わないつもりです。

1. Q：大学を卒業したら、進学しますか。

　　A１：はい、研究に興味があるから、＿＿＿＿＿＿＿＿＿＿＿＿

　　A２：いいえ、就職したいから、＿＿＿＿＿＿＿＿＿＿＿＿＿＿

2. Q：冬休みにアルバイトしますか。

　　A１：はい、新しいスマホが欲しいから、＿＿＿＿＿＿＿＿＿＿

　　A２：いいえ、実家に帰るから、＿＿＿＿＿＿＿＿＿＿＿＿＿＿

3. Q：週末にライブに行きますか。

　　A１：はい、面白そうだから、＿＿＿＿＿＿＿＿＿＿＿＿＿＿＿

　　A２：いいえ、チケットが高いから、＿＿＿＿＿＿＿＿＿＿＿＿

五、中翻日

1. 今晚我打算自己做菜。

　　⇒ ＿＿＿＿＿＿＿＿＿＿＿＿＿＿＿＿＿＿＿＿＿＿＿＿＿＿＿＿

2. 明年冬天我想去日本滑雪。

　　⇒ ＿＿＿＿＿＿＿＿＿＿＿＿＿＿＿＿＿＿＿＿＿＿＿＿＿＿＿＿

3. 我對韓國的電影和連續劇有興趣。

   ⇒ _____

4. 我覺得不只是商務，會說很多語言也是重要的。

   ⇒ _____

補足 ほそく　🎧 MP3-049

1. [袋]	ふくろ	名詞	袋子
2. [道具]	どうぐ	名詞	道具
3. [コート]	コート	名詞	外套
4. [この辺]	このへん	名詞	這附近
5. [来月]	らいげつ	名詞	下個月
6. [今週]	こんしゅう	名詞	這週
7. [働く]	はたらく	動詞	工作
8. [出かける]	でかける	動詞	出門
9. [続く]	つづく	動詞	繼續
10. [スニーカー]	スニーカー / スニーカー	名詞	運動鞋
11. [連絡する]	れんらくする	動詞	聯絡
12. [研究]	けんきゅう	名詞	研究
13. [冬休み]	ふゆやすみ	名詞	寒假

14. [ライブ]	ラ￣イブ ライブ￣	名詞	現場演奏
15. [チケット]	チケ￣ット チ￣ケット	名詞	票

第十五課
だいじゅうご か

たぶんか りかい
多文化理解

1. 能說明學校宿舍規定。
2. 能聽懂日本人家居規矩、家裡浴室使用習慣等。
3. 能理解不同的文化習慣並尊重多元文化。
4. 能對事情簡單表達意見。

1. 学校のキャンパスで

2. MRTの構内で

3. 大学の教室で

4. 女子寮のロビー

陳　　：中田さん、日本人はお風呂が好きですね。

中田：そうですね。私はお風呂が好きで銭湯にもよく行きましたよ。

陳　　：へえ、銭湯ですか。行ってみたいです。台湾の温泉は水着で入れますが、日本も水着で入ってもいいですか。

中田：日本では温泉も銭湯も水着はだめです。ところで、入り方を知っていますか。

陳　　：入り方があるんですか。

中田：まず、簡単に体をお湯で流してから、浴槽に入るんです。もちろん、浴槽で泳いではいけませんよ。

陳　　：ははは、わかりました。じゃ、シャンプーや石鹸は自分で用意しなければなりませんか。

中田：銭湯の場合は自分で用意する必要がありますが、旅館やホテルの場合は用意しなくてもいいです。

陳　　：そうですか。今度日本に行ったら、絶対銭湯に行ってみます。

新しい表現　　　🎧 MP3-052

1.	[銭湯]	せんとう	名詞	公共澡堂
2.	[水着]	みずぎ	名詞	泳裝
3.	[だめ]	だめ	ナ形容詞	不可以
4.	[ところで]	ところで	接続詞	但是

5.	[入り方]	はいりかた	名詞	洗澡的方式
6.	[お湯]	おゆ	名詞	熱水
7.	[流す]	ながす	動詞	沖；洗
8.	[浴槽]	よくそう	名詞	浴缸
9.	[シャンプー]	シャンプー	名詞	洗髮精
10.	[石鹸]	せっけん	名詞	肥皂
11.	[用意する]	よういする	動詞	準備
12.	[旅館]	りょかん	名詞	旅館
13.	[ホテル]	ホテル	名詞	旅館
14.	[場合]	ばあい	名詞	情況；情形
15.	[絶対]	ぜったい	副詞	絕對

会話二　台湾の寮生活　　🎧MP3-053

王　：山本さんは今、寮に住んでいますね。

　　　どうですか、台湾の寮生活は？

山本：正直、最初は慣れませんでした。8人部屋ですし、お風呂もキッチンも

　　　共同で使わなければなりませんから。

王　：ああ、わかります。人数が多いからトラブルも多いでしょう。

山本：ええ、だからルールを決めておく必要があります。今はみんなルールを

　　　守っているからだいぶよくなりました。

王　：それは、よかったですね。

山本：時々心細いこともありますが、ルームメイトのおかげで、一人で悩まな
　　　くてもいいから助かります。

王　：友達ができてよかったですね。

新しい表現　　　🎧 MP3-054

1.	[正直]	しょうじき	ナ形容詞	老實説
2.	[キッチン]	キッチン	名詞	廚房
3.	[共同]	きょうどう	名詞	共同
4.	[人数]	にんずう	名詞	人數
5.	[トラブル]	トラブル	名詞	麻煩；紛爭
6.	[ルール]	ルール	名詞	規則；規矩
7.	[だいぶ]	だいぶ	副詞	相當；不少
8.	[心細い]	こころぼそい	イ形容詞	不安的
9.	[おかげ]	おかげ	名詞	托～之福
10.	[悩む]	なやむ	動詞	煩惱；傷腦筋
11.	[助かる]	たすかる	動詞	得救；脱險

台湾は多文化社会の国です。面積は広くありませんが、たくさんの民族が一緒に住んでいます。先住民のほかに漢民族がいます。最近、ベトナム、インドネシア、日本などからの新住民も増えています。

違う文化の人が喧嘩しないで平和に暮らすのは、簡単なことではありません。お互いに理解する努力をしなければなりません。偏見や差別は絶対にしてはいけません。

2019年にまた新しい法律ができました。それは同性カップルが結婚できるようになったことです。自由な結婚は権利です。ですから、法律で守らなければなりません。

みんなで仲良く暮らしたら、幸せな社会になります。多文化を尊重する台湾は、いい国だと思います。

▶ **新しい表現**｜ 🎧 MP3-056

1. [多文化社会]	たぶんかしゃかい	名詞	多元文化社會
2. [面積]	めんせき	名詞	面積
3. [民族]	みんぞく	名詞	民族
4. [先住民]	せんじゅうみん	名詞	原住民
5. [漢民族]	かんみんぞく	名詞	漢民族
6. [インドネシア]	インドネシア	名詞	印尼

7. [新住民]	しんじゅうみん	名詞	新住民
8. [違う]	ちがう	動詞	不同
9. [喧嘩する]	けんかする	動詞	吵架
10. [暮らす]	くらす	動詞	生活
11. [理解する]	りかいする	動詞	理解
12. [努力]	どりょく	名詞	努力
13. [偏見]	へんけん	名詞	偏見
14. [差別]	さべつ	名詞	歧視
15. [法律]	ほうりつ	名詞	法律
16. [同性]	どうせい	名詞	同性
17. [カップル]	カップル	名詞	伴侶
18. [自由]	じゆう	ナ形容詞	自由的
19. [権利]	けんり	名詞	權力
20. [仲良く]	なかよく	副詞	感情好
21. [幸せ]	しあわせ	ナ形容詞	幸福的
22. [尊重する]	そんちょうする	動詞	尊重

目標：能針對議題簡單表示自己的想法。

1. 教師先舉例說明日常中幾個想法（價值觀）不同的議題。

2. 以下有兩個議題，請詢問同學對以下議題的看法。

Q1：デートの時、食事代は男性が払わなければならないと思いますか。

A：例

① はい、払わなければならないと思います。

② いいえ、払わなくてもいいと思います／女性も払わなければならないと
　　思います。

私	
（　　　）さん	
（　　　）さん	
（　　　）さん	

Q2：女性は結婚したら料理しなければならないと思いますか。

A：例

① はい、料理しなければならないと思います。

② いいえ、料理しなくてもいいと思います。

私	
（　　　）さん	
（　　　）さん	
（　　　）さん	

補足　　　　　　　　　　　　　　　　　　　　　　　🎧 MP3-057

1. ［デート］	デート	名詞	約會
2. ［食事代］	しょくじだい	名詞	餐費
3. ［男性］	だんせい	名詞	男性
4. ［払う］	はらう	動詞	支付
5. ［女性］	じょせい	名詞	女性

目標：能說明生活規範。

1. 試想與日本同學一同生活時，需要規劃一個共同遵守的生活公約。

2. 4 人一組，請與同學討論共同的生活規範，題目是「共同生活のルール」。
きょうどうせいかつ
   例如：「大声で話す」、「友達を泊める」、「ごみを捨てる」、「ペットを
   おおごえ はな　　ともだち と　　　　　　　す
   飼う」、「家賃を支払う」等。
   か　　　　やちん しはら

テーマ：共同生活のルールには、どんなことが必要だと思いますか。	
きょうどうせいかつ　　　　　　　　　　　　　　　　　ひつよう　おも	
例 夜 12 時になったら音楽を流してはいけません。 よる じゅうに じ　　　　　おんがく　なが	
私 わたし	
（　　　）さん	
（　　　）さん	
（　　　）さん	

3. 小組討論完畢，請派代表發表該組的規範。

1.	[大声]	おおごえ	名詞	大聲
2.	[泊める]	とめる	動詞	留宿；住
3.	[ごみ]	ごみ	名詞	垃圾
4.	[捨てる]	すてる	動詞	丟；扔
5.	[飼う]	かう	動詞	飼養
6.	[支払う]	しはらう	動詞	支付

第十五課

多文化理解 _{た ぶん か り かい}

▶1. シャンプーや石鹸は自分で用意しなければなりません。

お互いに理解する努力をしなければなりません。

日本語で説明しなければいけません。

ここから歩いていかなければいけません。

▶2. 男性は女性の寮に入ってはいけません。

偏見や差別は絶対してはいけません。

▶3. 先に家に帰ってもいいです。

パソコンを使ってもいいです。

病院に行かなくてもいいです。

薬を飲まなくてもいいです。

▶4. ケーキを買っておきました。

ネットを利用するルールを決めておきましょう。

▶5. いつも朝ご飯を食べないで学校へ行きます。

昨日お風呂に入らないで寝ました。

▶6. 陳さんは山本さんの電話番号を知っていますか。

はい、知っています。

いいえ、知りません。

1.	[朝ご飯]	あさごはん	名詞	早餐
2.	[知る]	しる	動詞	知道
3.	[電話番号]	でんわばんごう	名詞	電話號碼

第十五課

多文化理解

練習問題

一、請依提示完成句子

1. 友達が来るから、ビールを冷蔵庫に＿＿＿＿＿＿ておきました。（入れる）

2. ホテルを＿＿＿＿＿＿ておきました。（予約する）

3. 日本旅行の前に簡単な会話を＿＿＿＿＿＿ておきたいです。（覚える）

4. 住所や電話番号を＿＿＿＿＿＿ておいてください。（書く）

5. 必要なものを＿＿＿＿＿＿ておかなければなりません。（買う）

二、請利用「～ないで」完成句子

例 （スマホを見る）（勉強してください）

⇒ スマホを見ないで勉強してください。

1. （中国語を使う）（説明してみましょう）

⇒ ＿＿＿＿＿＿＿＿＿＿＿＿＿＿＿＿＿＿

2. （先生に挨拶する）（教室を出ました）

⇒ ＿＿＿＿＿＿＿＿＿＿＿＿＿＿＿＿＿＿

3. （毎日学校に行く）（家でゲームをしています）

⇒ ＿＿＿＿＿＿＿＿＿＿＿＿＿＿＿＿＿＿

4. （朝ご飯を食べる）（出かけました）

⇒ ＿＿＿＿＿＿＿＿＿＿＿＿＿＿＿＿＿＿

5. （お風呂に入る）（寝ました）

⇒ _____

三、請依提示作答

例 写真を撮る＋てもいいですか
⇒ <u>写真を撮ってもいいですか。</u>

1. ⇒ _____ 。
（ちょっと聞く）

2. ⇒ _____ 。
（辞書を使う）

3. ⇒ _____ 。
（先に帰る）

4. ⇒ _____ 。
（中国語で説明する）

5. ⇒ _____ 。
（パソコンを使う）

四、請依提示作答。

例1 A：直接電話してもいいですか。

　　　B：はい、直接電話してもいいです。

　　　　　いいえ、直接電話してはいけません。

例2 A：日本語で説明しなければいけませんか。

　　　B：はい、日本語で説明しなければいけません。

　　　　　いいえ、日本語で説明しなくてもいいです。

1. A：ここから歩いていかなければいけませんか。

　　B：いいえ、＿＿＿＿＿＿＿＿＿＿＿＿＿＿＿＿＿＿＿＿＿＿＿。

2. A：試験の時、鉛筆を使ってもいいですか。

　　B：はい、＿＿＿＿＿＿＿＿＿＿＿＿＿＿＿＿＿＿＿＿＿＿＿。

3. A：薬を飲まなければいけませんか。

　　B：いいえ、＿＿＿＿＿＿＿＿＿＿＿＿＿＿＿＿＿＿＿＿＿。

4. A：新幹線で食べ物を食べてもいいですか。

　　B：はい、＿＿＿＿＿＿＿＿＿＿＿＿＿＿＿＿＿＿＿＿＿＿＿。

五、中翻日

1. 不可以在這裡游泳。

　　⇒ ＿＿＿＿＿＿＿＿＿＿＿＿＿＿＿＿＿＿＿＿＿＿＿＿＿

2. 大家必須努力互相理解。

　　⇒ ＿＿＿＿＿＿＿＿＿＿＿＿＿＿＿＿＿＿＿＿＿＿＿＿＿

3. 不需要一個人煩惱。

   ⇒ _____

4. 可以穿著泳裝泡溫泉嗎？

   ⇒ _____

5. 不要吵架一起玩耍吧！

   ⇒ _____

補足 ほそく　🎧 MP3-061

1. [冷蔵庫]	れいぞうこ	名詞	冰箱
2. [覚える]	おぼえる	動詞	記得；背誦
3. [住所]	じゅうしょ	名詞	地址
4. [説明する]	せつめいする	動詞	説明
5. [挨拶する]	あいさつする	動詞	打招呼
6. [直接]	ちょくせつ	副詞	直接
7. [試験]	しけん	名詞	考試
8. [鉛筆]	えんぴつ	名詞	鉛筆

MEMO

第十六課
だいじゅうろっか

りょこう　い
旅行に行こう

がくしゅうもくひょう
学習目標

1. 能說明交通狀況，以及如何避免遲到。

2. 去日本時，能詢問想去的地方。

3. 在臺灣，能從自己的經驗給日本友人外出時的建議。

4. 能規劃一趟日本旅行，並告知日本友人。

1. 廊下で

2. 道で

3. 教室で

4. 廊下で

会話一　空港までどうやって行くんですか　🎧 MP3-063

岸田：呉さん、ちょっとよろしいですか。

呉　：はい、何でしょう。

岸田：冬休みに離島へ旅行に行きたいですが、金門と馬祖とどちらのほうがい

いと思いますか。

呉　：金門のほうが観光スポットが多いから面白いですよ。

岸田：そうですか。あのう、朝一番の飛行機に乗るんですけど、空港まで

ＭＲＴでどうやって行くんですか。

呉　：岸田さんはどこに住んでいるんですか。

岸田：故宮博物院の近くです。

呉　：そこからなら、まず、大直駅までバスです。そしてＭＲＴに乗り換えて、

松山空港駅で降ります。チェックインの時間もありますので、間に合う

ように、早めに行ったほうがいいですよ。

新しい表現　🎧 MP3-064

1.	[岸田]	きしだ	名詞	岸田（姓氏）
2.	[よろしい]	よろしい	イ形容詞	無妨；沒關係
3.	[離島]	りとう	名詞	離島
4.	[どちら]	どちら	名詞	哪一個
5.	[観光スポット]	かんこうスポット	名詞	觀光景點

6. [空港]	くうこう	名詞	機場
7. [博物院]	はくぶついん	名詞	博物院
8. [乗り換える]	のりかえる のりかえる	動詞	轉乘
9. [降りる]	おりる	動詞	下車
10. [チェックイン]	チェックイン チェックイン	名詞	報到；劃位
11. [間に合う]	まにあう	動詞	趕上
12. [早めに]	はやめに はやめに	副詞	提早

会話二　一人で大丈夫です　🎧 MP3-065

増田：もしもし、東京旅行、いよいよ明日ですね。一人で来られますか。

蘇　：はい、大丈夫でしょう。

増田：空港からこちらまではリムジンバスが便利です。

蘇　：でも、電車に乗ってみたいです。

増田：電車なら、まず、スカイラインナーで日暮里まで行きます。それから、日暮里で山手線に乗り換えて新宿で降ります。ここまで大丈夫ですか。

蘇　：はい、大丈夫です。

増田：じゃ、新宿から中央線に乗って三鷹に来てください。三鷹駅の南口へ迎えに行きます。わからない時は、いつでも連絡してください。

蘇　：ありがとうございます。東京は初めてなので、とても楽しみです。

増田：そういえば、蘇さんはアニメが好きですよね。

蘇　：ええ。

増田：アニメなら、やっぱり秋葉原に行ったほうがいいですよ。

蘇　：はい、行ってみたいです。

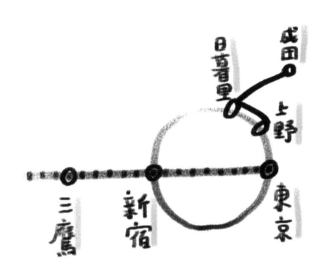

新しい表現　　　MP3-066

1. [いよいよ]	いよいよ	副詞	終於
2. [リムジンバス]	リムジンバス	名詞	利木津巴士
3. [スカイラインナー]	スカイラインナー	名詞	天際線（電車名）
4. [日暮里]	にっぽり	名詞	日暮里（地名）
5. [山手線]	やまのてせん	名詞	山手線

6. [中央線]	ちゅうおうせん	名詞	中央線
7. [三鷹]	みたか	名詞	三鷹（地名）
8. [南口]	みなみぐち みなみぐち	名詞	南口
9. [迎える]	むかえる	動詞	迎接
10. [そういえば]	そういえば	接続詞	順便一提
11. [秋葉原]	あきはばら	名詞	秋葉原（地名）
12. もしもし。			喂。（電話）

▶ 本文 | 台北は交通の便がいいです

台北ではいろいろな乗り物が利用できます。

　バスは市民の重要な足です。路線が多いので、いろいろな所へ行けます。でも、旅行で利用するなら、バスよりＭＲＴのほうが速いです。最近、レンタルサイクルも普及しています。タクシーも便利で利用する人が多いですが、夜は安全のために、女性は避けたほうがいいと思います。

　南へ旅行に行くなら、台湾高鉄（台湾の新幹線）のほうがいいです。高雄へは１時間４０分ほどで行けますから、台北に日帰りできます。

　また鉄道なら、台湾を一周できます。鉄道を利用して、東の花蓮や台東に行くこともおすすめです。窓から美しい海が見えますし、波の音も聞こえますから。それから、台湾のきれいな景色をゆっくり眺めることもできます。

▶ 新しい表現 |

1. [交通の便]	こうつうのべん	名詞	交通的方便性
2. [乗り物]	のりもの	名詞	交通工具
3. [市民]	しみん	名詞	市民
4. [重要]	じゅうよう	ナ形容詞	重要的
5. [路線]	ろせん	名詞	路線
6. [レンタルサイクル]	レンタルサイクル	名詞	租借腳踏車
7. [タクシー]	タクシー	名詞	計程車

第十六課　旅行に行こう

8. [普及する]	ふきゅうする	動詞	普及
9. [安全]	あんぜん	名詞	安全
10. [避ける]	さける	動詞	避免
11. [南]	みなみ	名詞	南方
12. [高鉄]	こうてつ	名詞	高鐵
13. [ほど]	ほど	副助詞	表示數量的程度
14. [日帰り]	ひがえり ひがえり	名詞	一日往返
15. [鉄道]	てつどう	名詞	鐵路
16. [東]	ひがし ひがし	名詞	東方
17. [美しい]	うつくしい	イ形容詞	美麗的
18. [見える]	みえる	動詞	看得見
19. [波]	なみ	名詞	海浪
20. [音]	おと	名詞	聲音
21. [聞こえる]	きこえる	動詞	聽得見
22. [景色]	けしき	名詞	風景
23. [眺める]	ながめる	動詞	眺望
24. おすすめです。			向您衷心推薦。

目標：去日本時，能詢問想去的地方。

1. 請先閱讀問路的示範對話，並確認【補足】(ほそく)的單字。

2. 看地圖，找尋兩個地點，互相問路。

3. 兩位同學一組，分別扮演問路人與路人，結束後，再交換角色練習。

4. 利用下面①～⑤所學過的句型，和同學看著地圖，模仿示範會話，互相回應要如何抵達想要去的地方。

① ～はどこですか。／～にはどうやって行(い)きますか。

② まっすぐ行(い)ってください。

③ （～つ目(め)の）角(かど)／信号(しんごう)／交差点(こうさてん)を右(みぎ)／左(ひだり)に曲(ま)がってください。

④ 向(む)こうに～があります。

⑤ 左(ひだり)に～が見(み)えます。

例

A：すみません、銀行(ぎんこう)にはどうやって行(い)きますか。

B：銀行(ぎんこう)ですか。まっすぐ行(い)ってください。それから、2つ目(ふた め)の交差点(こうさてん)を右(みぎ)に曲(ま)がってください。

A：2つ目(ふた め)の交差点(こうさてん)を右(みぎ)ですね。

B：はい。それから、またまっすぐ行(い)ってください。銀行(ぎんこう)は右(みぎ)にあります。

A：右(みぎ)ですね。どうもありがとうございました。

補足（ほそく）

1.	[まっすぐ]	まっすぐ	副詞	筆直地
2.	[角]	かど	名詞	角落；轉角
3.	[信号]	しんごう	名詞	紅綠燈
4.	[交差点]	こうさてん こうさてん	名詞	十字路口
5.	[向こう]	むこう むこう	名詞	對面
5.	[曲がる]	まがる	動詞	轉彎

目標：能給予日本友人來臺旅遊時的種種建議。

1. 使用「～たほうがいいです」、「～ないほうがいいです」句型向日本友人說明來臺旅行時要注意的事項。

2. 兩人一組，和同學一起想想，接著完成下面句子，並互相朗誦練習。

① 公衆トイレにはトイレットペーパーがない所もあるので、＿＿＿＿＿＿＿

ほうがいいです。　　　　　　　　　　　　　　　（自分で用意する）

② 乗りたいバスが来たら、＿＿＿＿＿＿＿ほうがいいです。（手を挙げる）

③ 台北は雨がよく降るので、出かける前には＿＿＿＿＿＿＿ほうがいい

です。　　　　　　　　　　　　　　　　　　　　　（天気予報を見る）

④ バイクが多いので、＿＿＿＿＿＿＿ほうがいいです。　（気を付ける）

⑤ バスやＭＲＴでは「優先席」に＿＿＿＿＿＿＿ほうがいいです。（座る）

⑥ ＿＿＿＿＿＿＿＿＿＿＿＿＿＿＿＿＿＿＿＿ほうがいいです。

⑦ ＿＿＿＿＿＿＿＿＿＿＿＿＿＿＿＿＿＿＿＿ないほうがいいです。

📋 補足 ほそく　　　　　　　　　　　　　　　　　　　🎧 MP3-071

1. ［公衆トイレ］	こうしゅうトイレ	名詞	公共廁所
2. ［トイレットペーパー］	トイレットペーパー	名詞	衛生紙
3. ［挙げる］	あげる	動詞	舉起
4. ［優先席］	ゆうせんせき	名詞	博愛座
5. ［座る］	すわる	動詞	坐

▶1. ＭＲＴはバスより速いです。

陳さんは王さんより背が高いです。

▶2. Q：コーヒーとジュースと、どちらが好きですか。

A：コーヒーよりジュースのほうが好きです。

Q：バスとＭＲＴと、どちらが便利ですか。

A：バスよりＭＲＴのほうが便利だと思います。

▶3. 薬を飲んだほうがいいです。

病院へ行ったほうがいいです。

一人で帰らないほうがいいです。

お酒を飲まないほうがいいです。

▶4. ４階の窓からアパートの屋根が見えます。

近くで子供の声が聞こえます。

▶5. 東京へ行くなら、新幹線のほうが速いです。

頭が痛いなら、早く帰ったほうがいいです。

アニメが好きなら、秋葉原はおすすめです。

中山さんなら、英語がわかります。

風邪を引いたなら、ゆっくり休んだほうがいいです。

重要なことを覚えているなら、大丈夫です。

▶6. 安全のために二人で一緒に行きましょう。

バイクを買うために毎日バイトをしています。

授業に間に合うように、早く出かけましょう。

みんなに聞こえるように大きい声で話してください。

▶7. 明日病院へ行くので、授業を休みます。

私の部屋は古いので、家賃が安いです。

この問題は簡単なので、すぐわかります。

まだ学生なので、学校へ行かなければなりません。

昨日は暑かったので、外に出たくなかったです。

彼は日本に行っていますので、今日会社に来ません。

練習問題

一、寫出標註底線漢字的正確讀音

1. 故宮博物院は有名な観光スポットです。
 （　　　　　　）（　　　　　　）

2. 間に合うように、早めに行ったほうがいいです。
 （　　　　　　）（　　　　　　）

3. 朝は路線バスを利用する人が多いです。
 （　　　　　　）（　　　　　　）

4. 最近、レンタルサイクルが普及しています。
 （　　　　　　）（　　　　　　）

5. 南口へ迎えに行きます。
 （　　　　　　）（　　　　　　）

二、在括弧中填入適當的助詞以完成句子

例 日本（は）台湾（より）物価が高いです。

1. 山田先生（　　　　　　）中川先生のほうが優しいです。

2. 春（　　　　　　）冬（　　　　　　）暖かいです。

3. ジュース（　　　　）コーヒー（　　　　）どちら（　　　　）好きですか。

4. 窓（　　　　）ピアノの音（　　　　）聞こえます。

5. 大直駅でMRT（　　　　）乗り換えて、松山空港駅（　　　　）降りてください。

三、請依照提示，改成適當的形態填入括弧內

例 病気の時は病院へ（　行った　）ほうがいいです。（行く）

1. 疲れた時はよく（　　　　　　）ほうがいいです。（休む）

2. お腹が痛い時はたくさん（　　　　　　）ほうがいいです。（食べる）

3. 病気の時はお酒を（　　　　　　）ほうがいいです。（飲む）

4. 外は寒いから、早く家に（　　　　　　）ほうがいいです。（入る）

5. 旅行の時は現金をたくさん（　　　　　　）ほうがいいです。（持つ）

四、閲讀「本文」後，回答下列問題

1. 台北市内を旅行する時、バスとＭＲＴとどちらのほうが速いですか。

   ⇒ _____

2. 女性は安全のために、夜は何を避けたほうがいいですか。

   ⇒ _____

3. 南へ旅行に行く時、何を利用したほうがいいですか。

   ⇒ _____

4. 高雄から台北に日帰りできる理由は何ですか。

   ⇒ _____

5. 「鉄道を利用して、東の花蓮や台東に行くこと」がおすすめの理由は何ですか。

   ⇒ _____

五、中翻日

1. 要怎樣搭乘捷運到達機場呢？

   ⇒ _____

2. 晚上為了安全起見，我覺得女生最好避免搭乘計程車。

   ⇒ _____

3. 為了能趕上電車，最好提前去。

   ⇒ _____

補足			MP3-073
1. [疲れる]	つかれる	動詞	疲憊
2. [物価]	ぶっか	名詞	物價
3. [外]	そと	名詞	外面
4. [現金]	げんきん	名詞	現金
5. [持つ]	もつ	動詞	帶著；擁有

第十七課
（だいじゅうなな か）

テクノロジー

がくしゅうもくひょう
学習目標

1. 能說明日常生活中使用科技產品時遇到的問題與解決方法。
2. 能說明某軟體的優點。
3. 能表達如何面對未來科技產品的挑戰。

1. 事務室^{じむしつ}で

2. 上司^{じょうし}の事務室^{じむしつ}で

3. 教室^{きょうしつ}で

4. 事務室^{じむしつ}で

会話一　ソフトの使い方　　🎧 MP3-075

藤田：すみません、新しいソフトを使いたいんですけど……。

木村：じゃ、ここにアカウントとパスワードを入力してください。

　　　そして、ここの「決定」を押すとダウンロードが始まります。

藤田：ダウンロードが終わりました。

木村：次はここをクリックすると、インストールが始まります。

　　　あとは説明書に書いてありますから、それを読んでください。

藤田：ありがとうございました。助かりました。

木村：いいえ、何かあれば、いつでも聞いてください。

新しい表現　　🎧 MP3-076

1. ［ソフト］	ソフト	名詞	軟體

2. [アカウント]	アカウント アカウント	名詞	帳號
3. [パスワード]	パスワード	名詞	密碼
4. [ダウンロード]	ダウンロード	名詞	下載
5. [インストール]	インストール	名詞	安裝
6. [決定]	けってい	名詞	決定
7. [説明書]	せつめいしょ せつめいしょ	名詞	説明書
8. 何かあれば、いつでも 聞いてください。	なにかあれば、いつでも きいてください。	有任何問題的話，請隨時問我。

店員：いらっしゃいませ！　今話題のスマートカーテンはいかがですか。

妻　：スマートカーテン？

店員：ええ、これをカーテンにつけると、朝自動で開くんですよ。

今１つ買うと、もう１つサービスしますよ。

妻　：へえ、便利そうね。これいいんじゃない？

夫　：そうだね。すみません、それいただけますか。

店員：ありがとうございます！

使い方は簡単ですよ。説明書を見ればすぐわかります。

それと、電池はこの箱に入れてあります。

新しい表現　　　　　　　　　　　MP3-078

1. [話題]	わだい	名詞	話題
2. [スマート]	スマート	ナ形容詞	智慧的；聰明的
3. [カーテン]	カーテン	名詞	窗簾
4. [いかが]	いかが	副詞	如何
5. [自動]	じどう	名詞	自動
6. [開く]	ひらく	動詞	打開；開啟
7. [サービスする]	サービスする	動詞	優惠；服務
8. [使い方]	つかいかた	名詞	使用方法
9. [電池]	でんち	名詞	電池
10. [箱]	はこ	名詞	盒子；箱子

　３０年後の未来はどんな世界でしょうか。車が空を飛べるかもしれません。お金を払えば、誰でも宇宙に行けるかもしれません。ボタンを押すと、遠いところに行けるようになるかもしれません。

　３０年後の未来は、とても便利な世界になっているでしょう。力仕事はロボットがやるでしょう。事務の仕事はコンピューターがやるでしょう。勉強も宿題もＡＩと一緒にやるでしょう。もしかすると、授業も仕事も全てオンラインかもしれません。

　家事も全部ロボットがするかもしれません。朝起きたら、朝ごはんが作ってあります。服も洗ってあります。部屋もきれいに掃除してあります。それから、ロボットは私たちとコミュニケーションができます。

　あなたも３０年後の未来を一緒に想像してみませんか。

▶ **新しい表現** │　🎧 MP3-080

1. ［空］	そら	名詞	天空
2. ［飛ぶ］	とぶ	動詞	飛
3. ［やる］	やる	動詞	做
4. ［宇宙］	うちゅう	名詞	宇宙
5. ［力仕事］	ちからしごと	名詞	勞力的工作
6. ［ロボット］	ロボット ロボット	名詞	機器人

7. [コンピューター]	コンピューター	名詞	電腦
8. [AI]	エーアイ	名詞	AI；人工智慧
9. [もしかすると]	もしかすると	副詞	或許
10. [全て]	すべて	副詞	所有
11. [家事]	かじ	名詞	家事
12. [全部]	ぜんぶ	副詞	全部
13. [掃除する]	そうじする	動詞	打掃；掃除
14. [コミュニケーション]	コミュニケーション	名詞	溝通
15. [想像する]	そうぞうする	動詞	想像

目標：想像 30 年後的生活樣貌，能以日語說出理由。

1. 請閱讀例句，自己也想想 30 年後可能會消失的事物或工作是什麼？
   並說明理由。

   例 私は＿＿＿＿＿ＣＤ＿＿＿＿＿がなくなると思います。
   ３０年後、音楽は全てインターネットでダウンロードするからです。

2. 請在下面寫好自己的看法。

   ① 私は＿＿＿＿＿＿＿がなくなると思います。

   ② ＿＿＿＿＿＿＿＿＿＿＿＿＿＿＿からです。

   ③ そして、＿＿＿＿＿＿＿もなくなると思います。

   ④ ＿＿＿＿＿＿＿＿＿＿＿＿＿＿＿からです。

3. 填妥後自己朗誦一遍，之後同學兩人一組，互相發表自己的看法。

目標：能說明電器或電子產品的使用方法。

1. 請自行挑選一個電器或電子產品，參考官方網站或說明書（可參考日文版）的
   使用方法。
2. 請閱讀例句①②③，學會用「～と」的文型，表達商品的使用方法。
3. 填寫自己選擇的商品名稱，並參考例句寫好使用方法。

例

商品：　　　扇風機（せんぷうき）

① 「ON」ボタンを押すと電源が入ります。

② 「首振り」ボタンを押すと首が回ります。

③ 「おやすみ」ボタンを押すと風がだんだん弱くなります。

商品：＿＿＿＿＿＿＿＿

① ＿＿＿＿＿＿＿＿＿＿＿＿＿＿＿＿＿＿＿＿＿＿＿

② ＿＿＿＿＿＿＿＿＿＿＿＿＿＿＿＿＿＿＿＿＿＿＿

③ ＿＿＿＿＿＿＿＿＿＿＿＿＿＿＿＿＿＿＿＿＿＿＿

4. 兩人一組，互相發表自己選擇的商品，以及使用方法。

1.	[扇風機]	せんぷうき	名詞	電風扇
2.	[電源]	でんげん でんげん	名詞	電源開關
3.	[首振り]	くびふり	名詞	擺頭
4.	[回る]	まわる	動詞	旋轉
5.	[弱い]	よわい	イ形容詞	弱的
6.	[商品]	しょうひん	名詞	商品

▶1.　説明書を見れば、すぐわかります。
せつめいしょ　み

　　何かあれば、いつでも聞いてください。
　　なに　　　　　　　　　　き

　　説明書を見なければ、わかりません。
　　せつめいしょ　み

　　質問がなければ、今日はこれで終わります。
　　しつもん　　　　　　きょう　　　　　お

▶2.　ここの「決定」を押すと、ダウンロードが始まります。
　　　　　けってい　お　　　　　　　　　　はじ

　　ここをクリックすると、インストールが始まります。
　　　　　　　　　　　　　　　　　　　　　はじ

　　先生に聞かないと、わかりません。
　　せんせい　き

　　たくさん練習しないと、漢字が覚えられません。
　　　　　れんしゅう　　　　かんじ　おぼ

▶3.　手紙に名前を書きます。
　　　てがみ　なまえ　か

　　手紙に名前が書いてあります。
　　てがみ　なまえ　か

　　箱の中に電池を入れます。
　　はこ　なか　でんち　い

　　箱の中に電池が入れてあります。
　　はこ　なか　でんち　い

補足

動詞＋「ば」

動詞の種類	辞書形	動詞＋「ば」
上一段動詞 下一段動詞	いる	いれば
	起きる	起きれば
	出る	出れば
	食べる	食べれば
	寝る	寝れば
五段動詞	読む	読めば
	行く	行けば
	呼ぶ	呼べば
	帰る	帰れば
	話す	話せば
カ行変格動詞	来る	来れば
サ行変格動詞	する	すれば
	練習する	練習すれば

動詞の否定形＋「ば」

動詞の種類	動詞の否定形	動詞の否定形＋「ば」
上一段動詞 下一段動詞	起きない	起きなければ
	出ない	出なければ
	食べない	食べなければ
	寝ない	寝なければ
五段動詞	読まない	読まなければ
	行かない	行かなければ
	帰らない	帰らなければ
	話さない	話さなければ
カ行変格動詞	来ない	来なければ
サ行変格動詞	しない	しなければ
	練習しない	練習しなければ

練習問題

一、配合題：請選擇最適當的句子

1. 「お腹がすいた」と言うと　（　　）　　a. ロボットが運転します。

2. 「少し暑い」と言うと　　　（　　）　　b. ロボットが掃除します。

3. 「頭が痛い」と言うと　　　（　　）　　c. ロボットがご飯を作ります。

4. 「部屋が汚い」と言うと　　（　　）　　d. ロボットが薬をくれます。

5. 「学校に行く」と言うと　　（　　）　　e. ロボットが冷房をつけます。

二、請依照例題完成以下句子

例 説明書を見ます／わかります
　⇒ <u>説明書を見ればわかります。</u>

1. 薬を飲みます／治ります

　⇒ _____

2. お金を入れません／ジュースが出ません

　⇒ _____

3. 基隆へ行きます／海が見えます

　⇒ _____

4. 友達が来ます／にぎやかになります

　⇒ _____

5. 毎日練習しません／上達しません

⇒ _____

三、重組

1. あります／使い方は／書いて／説明書に

⇒ _____

2. ダウンロードが／「決定」を／始まります／押すと

⇒ _____

3. 漢字が／覚えられません／練習しないと／たくさん

⇒ _____

4. 説明書を／わかります／見れば／すぐ

⇒ _____

5. 押すと／なるかもしれません／ボタンを／行けるように／遠いところに

⇒ _____

四、日翻中

1. アカウントを作ります。

⇒ _____

2. パスワードを入力します。

⇒ _____

3. ゲームをインストールします。

⇒ _____

4. 音楽_{おんがく}をダウンロードします。

⇒ _____

5. 「ＯＫ_{オーケー}」をクリックします。

⇒ _____

五、中翻日

1. 請在這邊輸入帳號與密碼。

⇒ _____

2. 點選這個按鈕的話會開始下載。

⇒ _____

3. 使用方法寫在說明書上。

⇒ _____

4. 看說明書的話馬上就懂。

⇒ _____

5. 有任何問題請隨時詢問。

⇒ _____

1.	[冷房]	れいぼう	名詞	冷氣
2.	[汚い]	きたない	イ形容詞	骯髒的
3.	[にぎやか]	にぎやか	ナ形容詞	熱鬧的
4.	[上達する]	じょうたつする	動詞	進步
5.	お腹がすいた。	おなかがすいた。		肚子餓了。

第十七課　テクノロジー

131

MEMO

第十八課
だいじゅうはち か

付き合い
っ　　あ

学習目標
がくしゅうもくひょう

1. 能敘述曾經接受過他人恩惠之事，並表達感謝。
2. 能表達如何向他人請求幫助。
3. 能表達自己如何與外國朋友互動。

1. 教室で

2. 玄関で

3. 廊下で

4. 廊下で

田中：明日の夜、学校で留学生のパーティーがありますね。キムさんは参加し

　　　ますか。

キム：ええ。でも、みんな伝統衣装で参加するらしいですが、私は持っていな

　　　いんです。田中さんは？

田中：ええ、私は母に浴衣を送ってもらいました。

キム：浴衣ですか。いいですね。ところで、具体的にどんなことをするんです

　　　か。

田中：留学生の写真展があります。食事会は無料で、みんなで一緒に料理を作っ

　　　たりするらしいですよ。

キム：へえ、いろいろ説明してくれて、ありがとう。楽しみですね。

新しい表現　MP3-087

1. [パーティー]	パーティー	名詞	宴會；聚餐
2. [伝統衣装]	でんとういしょう	名詞	傳統式服裝
3. [浴衣]	ゆかた	名詞	浴衣；夏季和服
4. [送る]	おくる	動詞	寄；送
5. [食事会]	しょくじかい	名詞	聚餐；餐會
6. [無料]	むりょう	名詞	免費
7. [具体的]	ぐたいてき	ナ形容詞	具體的
8. [写真展]	しゃしんてん	名詞	攝影展

第十八課

付き合い

宮本：お招きいただきまして、ありがとうございます。

張　：いえいえ、ゆっくりしてください。

宮本：この料理、美味しそうですね。どこの国の料理ですか。

張　：イタリア料理です。マリオさんのお母さんに教えてもらいました。

宮本：じゃ、いただきます。本当に美味しいですね。私も教えてもらいたいです。

張　：お口に合って、よかったです。たくさん召し上がってください。

新しい表現　　　　　　　　MP3-089

1.	[宮本]	みやもと	名詞　宮本（姓氏）
2.	[イタリア料理]	イタリアりょうり	名詞　義大利菜；義式料理
3.	ゆっくりしてください。		請慢慢來。
4.	お口に合う。	おくちにあう。	合胃口。
5.	召し上がってください。	めしあがってください。	請用。
6.	お招きいただきまして、ありがとうございます。	おまねきいただきまして、ありがとうございます。	感謝招待。

山口さん

　こんにちは、台湾の林玉英です。この前のオンライン交流会では、日本のいろいろな年中行事を教えていただきました。本当にありがとうございました。

　おかげさまで、日本のことをたくさん知ることができました。特に、大晦日の過ごし方に驚きました。台湾では年越しライブや、豪華な花火などで賑わいます。でも、山口さんの実家では年越しそばを食べて、除夜の鐘を聞きながら、静かに過ごすそうですね。台湾と違うので、びっくりしました。

　私は日本語がうまく話せないから緊張しましたが、山口さんが親切に教えてくれたので、助かりました。ありがとうございました。

　今度ぜひ、台湾に遊びに来てくださいね。一緒に美味しいものを食べに行きましょう。

林玉英より

第十八課

付き合い

▶ **新しい表現** 🎧 MP3-091

1. ［山口］	やまぐち	名詞	山口（姓氏）
2. ［交流会］	こうりゅうかい	名詞	交流會
3. ［年中行事］	ねんじゅうぎょうじ	名詞	傳統節日；每年例行活動
4. ［教える］	おしえる	動詞	教導；告訴
5. ［おかげさま］	おかげさま	名詞	托福；幸虧

6. [大晦日]	おおみそか	名詞	除夕；年底
7. [過ごし方]	すごしかた	名詞	過法
8. [驚く]	おどろく	動詞	吃驚
9. [年越しライブ]	としこしライブ	名詞	跨年音樂會
10. [豪華]	ごうか	ナ形容詞	豪華的
11. [賑わう]	にぎわう	動詞	炒熱；熱鬧
12. [年越しそば]	としこしそば	名詞	除夕吃的麵
13. [除夜の鐘]	じょやのかね	名詞	除夕夜敲鐘
14. [過ごす]	すごす	動詞	過；渡過
15. [緊張する]	きんちょうする	動詞	緊張

目標：能表達如何向他人請求幫助。

1. 在日本留學中或旅行中遇到了困難，需要向其他人求助，該怎麼說呢？請閱讀例句，了解遭遇的狀況，留意與求助對方的關係。

2. 求助常用動詞有「教える」、「修理する」、「変える」、「貸す」。求助對象較陌生或長輩時用「〜ていただけませんか」表達，對一般朋友使用「〜てもらえませんか」、「〜てくれませんか」表達。

3. 請在空的欄位上寫出遇到該狀況時，自己的說法，再分組討論看看，完畢後請在各小組內發表，或各組派一位在班上發表。

狀況	求助對象	表達請求幫忙
例 駅からデパートへ行きたいんですが、一番近い出口がわかりません。	駅員	「すみません。デパートへ行きたいんですが、一番近い出口を教えていただけませんか。」
美術館に行く途中、道に迷ってしまいました。	周りの人	
財布もスマホも無くしてしまいました。お金がなくて、家に帰れません。	友達	

第十八課 付き合い

シャワーのお湯が出ません。困っています。	大家さん	
靴を買いましたが、サイズが小さかったです。	店の人	

1.	[修理する]	しゅうりする	動詞	修理
2.	[変える]	かえる	動詞	換；改變
3.	[貸す]	かす	動詞	借出；借給
4.	[駅員]	えきいん えきいん	名詞	站員
5.	[出口]	でぐち	名詞	出口
6.	[美術館]	びじゅつかん	名詞	美術館
7.	[途中]	とちゅう	名詞	途中；路上
8.	[周り]	まわり	名詞	周圍；附近
9.	[無くす]	なくす	動詞	弄丟
10.	[シャワー]	シャワー	名詞	蓮蓬頭；淋浴
11.	[大家]	おおや	名詞	房東
12.	[サイズ]	サイズ	名詞	尺寸
13.	道に迷う。	みちにまよう。	迷路。	

目標：能用日文寫簡訊向朋友或師長表達感謝。

1. 赴日旅行回國，在日本期間受到很多朋友、老師照顧，也受到了許多人的協助，
   一一向他（她）們寫簡訊，表達謝意。

2. 對一般朋友致謝時使用「～てくれて、ありがとうございます」表達；對長輩
   致謝使用「～ていただき、ありがとうございます」、「～てくださり、あり
   がとうございます」表達。請在手機上寫簡訊向他們道謝，記得先簡短打聲招
   呼，最後留意有禮貌的結尾。

3. 寫完之後，同學們兩人一組互相確認，教師任意請同學朗讀自己所寫的簡訊。

地図を書きましょうか。

近所の山口さん

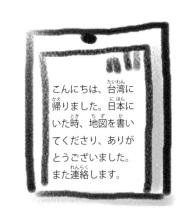

こんにちは、台湾に帰りました。日本にいた時、地図を書いてくださり、ありがとうございました。また連絡します。

①

空港まで送りましょうか。

日本語の鈴木先生

第十八課

付き合い

②

安<ruby>い<rt>やす</rt></ruby>レストランを
<ruby>紹介<rt>しょうかい</rt></ruby>しましょうか。

<ruby>元台湾留学生<rt>もとたいわんりゅうがくせい</rt></ruby>の<ruby>小林先輩<rt>こばやしせんぱい</rt></ruby>

③

インターネットの<ruby>接続<rt>せつぞく</rt></ruby>
を<ruby>手伝<rt>てつだ</rt></ruby>いましょうか。

ルームメイトの<ruby>花子<rt>はなこ</rt></ruby>ちゃん

④（<ruby>相手<rt>あいて</rt></ruby>を<ruby>考<rt>かんが</rt></ruby>えて、スマホに<ruby>書<rt>か</rt></ruby>いてください。）

　<ruby>相手<rt>あいて</rt></ruby>：

1. [地図]	ちず	名詞	地圖
2. [近所]	きんじょ	名詞	附近；鄰居
3. [接続]	せつぞく	名詞	連結
4. [相手]	あいて	名詞	對方；對象
5. [考える]	かんがえる かんがえる	動詞	考慮；思考
6. [手伝う]	てつだう	動詞	幫忙

第十八課

付き合い

▶ 1.　私はおばあさんに席を譲ってあげました。

　　　明日美味しいご飯を作ってあげますね。

▶ 2.　友達は私にノートを貸してくれました。

　　　先輩は大切なことを教えてくださいました。

▶ 3.　私は弟に写真を撮ってもらいました。

　　　私は先生に日本料理を教えていただきました。

▶ 4.　すみません、漢字の読み方を教えてくれますか。

　　　すみません、漢字の読み方を教えてくれませんか。

　　　すみません、漢字の読み方を教えてくださいますか。

　　　すみません、漢字の読み方を教えてくださいませんか。

▶ 5.　すみません、地図を書いてもらえますか。

　　　すみません、地図を書いてもらえませんか。

　　　すみません、地図を書いていただけますか。

　　　すみません、地図を書いていただけませんか。

▶ 6.　大切なことを教えてくれてありがとうございます。

　　　いいお店を紹介してくださってありがとうございました。

　　　駅まで迎えに来ていただいてありがとうございました。

▶7. 除夜の鐘を聞きながら、静かに過ごしています。

音楽を聞きながら、ジョギングをしています。

▶8. 来週学校で運動会があります。

去年台湾で大きい地震がありました。

補足			🎧 MP3-095
1. [席]	せき	名詞	座位；席位
2. [譲る]	ゆずる	動詞	讓
3. [先輩]	せんぱい	名詞	學長；學姊
4. [読み方]	よみかた	名詞	讀法；念法
5. [ジョギングする]	ジョギングする	動詞	慢跑
6. [運動会]	うんどうかい	名詞	運動會

第十八課

付き合い

一、寫出標注底線漢字的正確讀音

1. あした、<u>学校</u>で<u>留学生</u>のパーティーがあります。

(   ) (   )

2. みんな<u>伝統衣装</u>で<u>参加</u>します。

(   ) (   )

3. <u>具体的</u>にどんなことをするんですか。

(   )

4. <u>食事会</u>は<u>無料</u>です。

(   ) (   )

5. <u>豪華</u>な<u>花火</u>などで、<u>賑</u>わっています。

(   ) (   ) (   )

二、請依照例題完成下列句子

（接受別人的恩惠時，該如何修改以下較不理想的說法呢？）

例 （NG）田中さんは私に英語を教えました。

⇒ <u>田中さんは私に英語を教えてくれました。</u>

⇒ <u>私は田中さんに英語を教えてもらいました。</u>

1. （NG）黄さんは私にペンを貸しました。

⇒ _____くれました。

⇒ _____もらいました。

2. （NG）キムさんは私に荷物を送りました。

⇒ ＿＿＿＿＿＿＿＿＿＿＿＿＿＿＿＿＿＿＿＿＿＿＿＿くれました。

⇒ ＿＿＿＿＿＿＿＿＿＿＿＿＿＿＿＿＿＿＿＿＿＿＿もらいました。

3. （NG）山口さんは私に地図を書きました。

⇒ ＿＿＿＿＿＿＿＿＿＿＿＿＿＿＿＿＿＿＿＿＿＿＿＿くれました。

⇒ ＿＿＿＿＿＿＿＿＿＿＿＿＿＿＿＿＿＿＿＿＿＿＿もらいました。

4. （NG）山本さんは私に文法を説明しました。

⇒ 山本さんは私に＿＿＿＿＿＿＿＿＿＿＿＿＿＿＿＿＿＿＿。

⇒ 私は山本さんに＿＿＿＿＿＿＿＿＿＿＿＿＿＿＿＿＿＿＿。

5. （NG）妹は私に朝ごはんを作りました。

⇒ 妹は私に＿＿＿＿＿＿＿＿＿＿＿＿＿＿＿＿＿＿＿＿＿。

⇒ 私は妹に＿＿＿＿＿＿＿＿＿＿＿＿＿＿＿＿＿＿＿＿＿。

三、請在括弧內填寫最適合的助詞

1. 私は母（　　）浴衣（　　）送ってもらいました。

2. 林さん（　　）親切に教えてくれたので、助かりました。

3. マリオさんのお母さん（　　）イタリア料理（　　）教えてもらいました。

4. ぜひ、台湾（　　）遊び（　　）来てくださいね。

5. 日本の大晦日の過ごし方（　　）驚きました。

四、請依提示完成下列對話句

例

A：加藤さんはどの人ですか。（ジュースを飲む／歩く）

B：ジュースを飲みながら歩いている人です。

1. A：鈴木さんはどの人ですか。（泣く／ドラマを見る）

⇒ B：＿＿＿＿＿＿＿＿＿＿＿＿＿＿＿＿＿＿＿＿＿

2. A：キムさんはどの人ですか。（音楽を聞く／走る）

⇒ B：＿＿＿＿＿＿＿＿＿＿＿＿＿＿＿＿＿＿＿＿＿

3. A：マリオさんはどの人ですか。 （歌う／料理を作る）

⇒ B：＿＿＿＿＿＿＿＿＿＿＿＿＿＿＿＿＿＿＿＿＿＿＿＿＿

4. A：小林さんはどの人ですか。 （地図を書く／説明する）

⇒ B：＿＿＿＿＿＿＿＿＿＿＿＿＿＿＿＿＿＿＿＿＿＿＿＿＿

5. A：宮本さんはどの人ですか。 （説明書を見る／使い方を教える）

⇒ B：＿＿＿＿＿＿＿＿＿＿＿＿＿＿＿＿＿＿＿＿＿＿＿＿＿

五、閱讀「本文」後，回答下列問題

1. 山口さんは林玉英さんに何を教えましたか。

   ⇒ _____

2. 山口さんの実家ではどうやって大晦日を過ごしますか。

   ⇒ _____

3. 台湾の大晦日は、どんな様子ですか。

   ⇒ _____

4. どうして林玉英さんはびっくりしましたか。

   ⇒ _____

5. 山口さんが台湾に来たとき、林玉英さんは一緒に何をしたいと思っていますか。

   ⇒ _____

補足　🎧 MP3-096

1. [荷物]	にもつ	名詞	行李
2. [加藤]	かとう	名詞	加藤（姓氏）
3. [泣く]	なく	動詞	哭泣
4. [様子]	ようす	名詞	樣子

第十九課

かんきょうもんだい
環境問題

1. 能以具體例子說明看到的環境問題。
2. 對於環境保護能說出自己的意見。
3. 能聽懂自然災害的報導，並掌握其重點。

1. ＡＩロボット展覧会で

2. 電話で

3. 深夜のシェアハウスで

4. 昼休みの教室で

野田：だんだん暖かくなってきましたね。

楊　：ええ、もうすぐ春ですね。私はお花見を楽しみにしています。

野田：お花見、いいですね。ところで、地球温暖化の影響で桜が咲くのが早く

　　　なってきているそうです。……ハクション！（くしゃみ）

楊　：え？　風邪ですか。

野田：いえいえ、アレルギーです。

楊　：そうですか。台湾の空気は昔より汚染されています。その影響かもしれ

　　　ませんね。

野田：そうかもしれません。それに、緑も少なくなってきていますから。

楊　：あと、ゴミの問題もあります。まだ使える物が捨てられています。

野田：空気やゴミの問題などは、一人一人が気を付けなければなりませんね。

　　　これから私たちも、注意していきましょう！

楊　：そうですね！　注意……ハクション！

野田：あれ？　楊さんもアレルギー？

新しい表現　🎧 MP3-099

1. [野田]	のだ	名詞	野田（姓氏）
2. [地球温暖化]	ちきゅうおんだんか	名詞	地球暖化
3. [咲く]	さく	動詞	開花
4. [ハクション]	ハクション		打噴嚔的聲音
5. [くしゃみ]	くしゃみ	名詞	噴嚏
6. [アレルギー]	アレルギー アレルギー	名詞	過敏
7. [空気]	くうき	名詞	空氣
8. [昔]	むかし	名詞	以前
9. [汚染する]	おせんする	動詞	污染
10. [緑]	みどり	名詞	翠綠草木；綠色

浜田：このレストランは魚料理が有名です。

　　　（メニューを見ながら）ほら、このマグロ、美味しそう。

熊　：でも、ちょっと高くないですか。

浜田：そういえば、ちょっと高いですね。

熊　：知っていますか。最近、海洋汚染の影響で魚が少なくなってきています。

浜田：ええ、それに必要以上に魚が獲られているのも問題です。だから、値段

　　　が高くなっているんですね。

熊　：海を守らなければ、魚はどんどん少なくなっていきます。

浜田：美味しい魚が食べたいなら、海を大切にしましょう。

新しい表現　🎧 MP3-101

1.	[浜田]	はまだ	名詞	浜田（姓氏）
2.	[ほら]	ほら	感嘆詞	你看！
3.	[マグロ]	マグロ	名詞	鮪魚
4.	[海洋汚染]	かいようおせん	名詞	海洋汚染
5.	[獲る]	とる	動詞	捕獲
6.	[どんどん]	どんどん	副詞	連續不斷地

　今、森林破壊は深刻な問題になっています。必要以上に木が切られているからです。人間がたくさん木を切ると、森林が少なくなっていきます。

　自然が破壊されると、そこに住んでいる動物も住む場所を奪われます。地球温暖化の影響で森林の火事も増えてきています。土地の開発も自然を破壊する原因です。自然を守るためには、計画的な取り組みが必要です。

　緑がなければ私たち人間も動物も生きられません。地球に住んでいる生き物が一緒に生きていくために、みんなで自然を守りましょう。

▶ **新しい表現** 　🎧 MP3-103

1.	[森林破壊]	しんりんはかい	名詞	森林破壞
2.	[深刻]	しんこく	ナ形容詞	嚴重的
3.	[人間]	にんげん	名詞	人類；人們
4.	[切る]	きる	動詞	切斷；砍伐
5.	[自然]	しぜん	名詞	自然環境
6.	[場所]	ばしょ	名詞	地點；場所
7.	[奪う]	うばう／うばう	動詞	搶奪
8.	[火事]	かじ	名詞	火災
9.	[土地]	とち	名詞	土地

10. [開発]	かいはつ	名詞	開發
11. [原因]	げんいん	名詞	原因
12. [計画的]	けいかくてき	ナ形容詞	有計畫的
13. [取り組み]	とりくみ	名詞	配合做法
14. [生きる]	いきる	動詞	生存；生活
15. [生き物]	いきもの いきもの	名詞	生物

目標：能以動作辨識日語動詞，以及被動態的表達方法。

1. 分 3 至 4 人一組，每人選擇一項物品，如橡皮擦（消しゴム）、筆（ペン）與手機（スマホ）等身邊方便拿取的物品，拿一個在手上，接著隨機由一位同學開始依照順序拿取他人手上的物品，並以日語敘述自己的動作，表達句型範例如下：

　　・（私は）＿＿＿＿＿さんの（　　　　　）を取りました。

　　接著請物品被拿走的同學，以「受け身」的方式敘述被拿走的動作。

　　・（私は）＿＿＿＿＿さんに（　　　　　）を取られました。

2. 每組輪流練習，熟練後打散分組，由教師隨機抽點 2 位同學，兩兩配對相互拿取物品，並以日語敘述被拿走的動作。

目標：認識 SDGs 之中關於環境保護的目標，並學會用日語表達。

1. 首先教師說明下面 6 個 SDGs 之中關於環境的示意圖。

　　　　（　　）　　　　　　　　（　　）　　　　　　　　（　　）

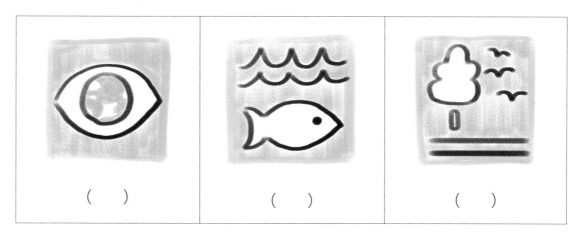

( )　　　　　　( )　　　　　　( )

2. 参照以上6個目標，從下表格裡選擇最適切的用詞填入括號。

① （　　）が汚くなると、（　　）が少なくなっていきます。

② （　　）が多く使われると、（　　）がきれいになっていくでしょう。

③ これから（　　）を少なくしていくと、水がきれいになるでしょう。

④ （　　）がたくさん切られると、（　　）がなくなっていきます。

⑤ 昔に比べて（　　）が少なくなってきて、再利用することがよくあります。

⑥ （　　）が多くなってきたので、（　　）が上がってきました。

a. 魚	f. 再生エネルギー
b. 木	g. 温室効果ガス
c. 平均気温	h. 海
d. 空気	i. ゴミ
e. 森	j. 水の中のゴミ

3. 斟酌時間，抽選同學發表自己所完成的句子，並說明為何如此造句。

1. [消しゴム]	けしゴム	名詞	橡皮擦
2. [ペン]	ペン	名詞	筆
3. [再利用する]	さいりようする	動詞	再利用
4. [上がる]	あがる	動詞	上升
5. [平均気温]	へいきんきおん	名詞	平均氣溫
6. [森]	もり	名詞	森林
7. [再生エネルギー]	さいせいエネルギー さいせいエネルギー	名詞	再生能源
8. [温室効果ガス]	おんしつこうかガス	名詞	溫室效應氣體

▶ 1. 先生は学生を褒めます。

学生は先生に褒められます。

親は子供を叱ります。

子供は親に叱られます。

▶ 2. 母は私の漫画を捨てました。

私は母に漫画を捨てられました。

人間は動物の住む場所を奪いました。

動物は人間に住む場所を奪われました。

▶ 3. 今年の運動会は公園で行われました。

オリンピックは来年東京で開かれます。

▶ 4. 母は怒りました。

私は母に怒られました。

一日中子供が泣きました。

私は一日中子供に泣かれました。

▶5. 私は傘を持ってきました。

私は子供をここに連れてきたいです。

私は毎日学校に弁当を持っていきます。

向こうの駅まで荷物を運んでいきました。

▶6. ここ数日少し暖かくなってきました。

私は中学校、高校で6年間英語を勉強してきました。

今週から寒くなっていくようです。

自分の将来のために頑張っていきたいです。

補足　🎧 MP3-106

1. [褒める]	ほめる	動詞	稱讚
2. [叱る]	しかる	動詞	斥責
3. [親]	おや	名詞	父母親
4. [行う]	おこなう	動詞	從事；進行
5. [オリンピック]	オリンピック	名詞	奧林匹克運動會
6. [怒る]	おこる	動詞	生氣；發怒
7. [運ぶ]	はこぶ	動詞	搬運；運送
8. [中学校]	ちゅうがっこう	名詞	中學
9. [踏む]	ふむ	動詞	踩踏
10. [連れる]	つれる	動詞	帶（人）
11. ここ数日	ここすうじつ		最近這幾天

動詞の受身形

動詞の種類	辞書形	受身形
上一段動詞 下一段動詞	見る	見られる
	借りる	借りられる
	捨てる	捨てられる
	食べる	食べられる
	褒める	褒められる
五段動詞	奪う	奪われる
	泣く	泣かれる
	死ぬ	死なれる
	踏む	踏まれる
	怒る	怒られる
カ行変格動詞	来る	来られる
サ行変格動詞	する	される
	破壊する	破壊される

環境問題

練習問題

一、参考例句，完成以下句子

例 バスの中で隣の人は私の足を踏みました。
　　⇒ 私はバスの中で隣の人に足を踏まれました。

1. 先生は私を褒めました。

　　⇒ _____

2. 母は私の漫画の本を捨てました。

　　⇒ _____

3. 女の子はよくこの雑誌を読んでいます。

　　⇒ _____

4. 課長は藤田さんを叱りました。

　　⇒ _____

5. 弟は私のケーキを食べました。

　　⇒ _____

二、將以下括弧填入正確助詞

例 私（は）先生（に）褒められて嬉しかったです。

1. 私はうちへ帰る前に課長（　　）仕事（　　）頼まれて大変でした。

2. 今朝、電車の中（　　）足（　　）踏まれて痛かったです。

3. 私（　　）弟に昨日買った美味しいケーキ（　　）食べられて怒りました。

4. 田中さんは友達（　　）スマホのメッセージ（　　）読まれて恥ずかしかったです。

5. 谷口さん（　　）アルバイト（　　）休まれて困ってしました。

三、参考例文，並依照語意選擇「～ていく」或「～てくる」完成句子

例1 お弁当を持っていきます。

例2 車の窓から富士山が見えてきました。

1. これからは、一人で生きて＿＿＿＿＿ます。

2. この20年間、地球温暖化が進んでどんどん暑くなって＿＿＿＿＿ました。

3. 最近、韓国語を学ぶ人が増えて＿＿＿＿＿ました。

4. 海を守らなければ、魚はどんどん少なくなって＿＿＿＿＿ます。

5. 最近、海洋汚染の影響で魚が少なくなって＿＿＿＿＿ています。

四、日翻中

1. 台湾の空気は昔より汚染されています。

　⇒ ＿＿＿＿＿＿＿＿＿＿＿＿＿＿＿＿＿＿＿＿＿＿＿＿＿＿＿＿

2. 人間がたくさん木を切ると、森が少なくなっていきます。

　⇒ ＿＿＿＿＿＿＿＿＿＿＿＿＿＿＿＿＿＿＿＿＿＿＿＿＿＿＿＿

3. 天気予報によると、今年、桜が咲くのが早くなってきているそうです。

⇒ _____

4. 運動したので、お腹が空いてきました。

⇒ _____

5. オリンピックは２０２１年に東京で開かれました。

⇒ _____

五、中翻日

1. 今天早上開始下起雪來了。

⇒ _____

2. 根據天氣預報，據說會下雨，所以請帶傘去。

⇒ _____

3. 還能使用的東西一直被丟棄，所以垃圾變多。

⇒ _____

4. 《人間失格》常被高中生廣泛閱讀。

⇒ _____

5. 若自然環境遭破壞的話，居住在那裡的動物也會被奪走居住的場所。

⇒ _____

1.	[隣]	となり	名詞	隔壁；旁邊
2.	[藤田]	ふじた	名詞	藤田（姓氏）
3.	[頼む]	たのむ	動詞	依靠；委託
4.	[今朝]	けさ	名詞	今天早上
5.	[恥ずかしい]	はずかしい	イ形容詞	害羞的
6.	[谷口]	たにぐち	名詞	谷口（姓氏）
7.	[富士山]	ふじさん	名詞	富士山
8.	[進む]	すすむ	動詞	前進；推展

第十九課 環境問題 ^{かんきょうもんだい}

MEMO

第二十課
だい に じゅっ か

しごと
仕事

1. 能表達非自願的經驗。
2. 能傳達強制命令或放任許可。
3. 就業面試時能用日語對應。
4. 能用日語寫簡單的履歷。

1. スーパーで

2. 会社の休憩室で

3. 居酒屋で

4. 保健室で

清水：井上部長、こんにちは。

井上：こんにちは、清水部長。どうですか、今年の新入社員は？

清水：私の所は５人来ました。今、お客さんへの対応を練習させています。
　　　井上部長の所は？

井上：海外部は４人です。その内、２人は外国人です。英語も中国語もできま
　　　すから、期待しています。

清水：日本語の方はどうですか。

井上：もちろん、問題ありませんが、今は会社で使う特別な言葉を覚えさせて
　　　います。

清水：私の所は接客ですから、厳しく指導していますよ！

井上：清水部長は厳しくて有名ですからね。でも休憩も必要ですよ。時々、休
　　　ませてあげてください。

清水：そうですね。「パワハラ」と言われるのは、よくないですからね。

井上：じゃ、そろそろ私は行きますね。お互い、社員教育を頑張りましょう。

第二十課

仕事

1. [井上]	いのうえ	名詞	井上（姓氏）
2. [清水]	しみず	名詞	清水（姓氏）
3. [部長]	ぶちょう	名詞	經理
4. [新入社員]	しんにゅうしゃいん	名詞	新進員工
5. [対応]	たいおう	名詞	對應
6. [海外]	かいがい	名詞	海外；外國
7. [内]	うち	名詞	內；中
8. [特別]	とくべつ	ナ形容詞	特別的
9. [厳しい]	きびしい	イ形容詞	嚴格的
10. [指導する]	しどうする	動詞	指導
11. [期待する]	きたいする	動詞	期待
12. [覚える]	おぼえる	動詞	記得
13. [接客]	せっきゃく	名詞	接待客人
14. [休憩]	きゅうけい	名詞	休息
15. [パワハラ]	パワハラ	名詞	職場騷擾
16. [社員教育]	しゃいんきょういく	名詞	員工教育
17. [そろそろ]	そろそろ	副詞	差不多

会話二　イベントの流れ

🎧 MP3-111

会社の後輩：先輩、すみません。「イベントの流れ」について、わからないところがあるんですが……。

会社の先輩：ああ、その資料、新入社員はみんな覚えさせられますね。

会社の後輩：はい。この「その他はアルバイトへ」というのは、どんなことをするんでしょうか。

会社の先輩：例えば、アルバイトの人にお客さんを案内させたり、パンフレットの準備を手伝わせたりします。

会社の後輩：わかりました。

会社の先輩：それから、「出席者の確認」も大事ですよ。時々、直前に「欠席させていただきたい」と連絡が来ます。予算と関係がありますから。

会社の後輩：なるほど。

会社の先輩：あと、アルバイトの人は仕事が多いですから、交代させることと、休ませることも気を付けてください。

会社の後輩：わかりました。ありがとうございました。

第二十課

仕事

1.	[後輩]	こうはい	名詞	後輩（公司）；學弟；學妹
2.	[イベント]	イベント	名詞	活動
3.	[資料]	しりょう	名詞	資料
4.	[流れ]	ながれ	名詞	流動；流程
5.	[例えば]	たとえば	副詞	譬如
6.	[パンフレット]	パンフレット	名詞	小冊子
7.	[出席者]	しゅっせきしゃ	名詞	參加者
8.	[大事]	だいじ だいじ	ナ形容詞	重要的
9.	[直前]	ちょくぜん	名詞	即將～之前
10.	[欠席する]	けっせきする	動詞	缺席
11.	[予算]	よさん よさん	名詞	預算
12.	[関係]	かんけい	名詞	關系
13.	[交代する]	こうたいする	動詞	交接；換班

　昨日、日系企業の面接を受けました。この会社は、主に営業と事務の仕事があります。私は事務を希望していますが、1年間は営業の仕事もさせられるそうです。営業の仕事がわからなかったら、事務の内容も理解できないからです。

　この会社のいいところは、フレックスタイムで働けることです。ですから、会社は出勤と退勤の時間を自分で決めさせてくれます。また優秀な社員は日本で働かせると言っていました。私は日本でも働いてみたいので、一生懸命頑張ります。

　面接はうまくできたと思います。でも心配ですから、入社させてください、と神様にお祈りしています。

▶ **新しい表現** あたら ひょうげん
🎧 MP3-114

1. [日系企業]	にっけいきぎょう	名詞	日系企業
2. [面接]	めんせつ	名詞	面試
3. [受ける]	うける	動詞	應試；接受
4. [営業]	えいぎょう	名詞	經營；業務
5. [事務]	じむ	名詞	事務
6. [希望する]	きぼうする	動詞	要求；希望
7. [フレックスタイム]	フレックスタイム	名詞	彈性上班
8. [出勤]	しゅっきん	名詞	上班
9. [退勤]	たいきん	名詞	下班

10. [優秀]	ゆうしゅう	ナ形容詞	優秀的
11. [神様]	かみさま	名詞	神明
12. [入社]	にゅうしゃ	名詞	入職
13. [主に]	おもに	副詞	主要
14. お祈りします。	おいのりします。	期盼〜。	

目標：能製作簡單的日文履歷表。

1. 請先閱讀下面的履歷表範例，並確認下方【補足】語彙。

2. 接下來參考範例，填寫一份你的履歷表，公司名稱請自由填寫。

3. 完成後兩人一組交換閱讀。

会社の名前：　<u>株式会社　臨渓</u>

年	月	学歴・職歴	
		学歴	
2018	6	台北市立 北台高校	卒業
2018	9	台湾経済大学 国際貿易学科	入学
2022	6	台湾経済大学 国際貿易学科	卒業見込み
		職歴	
		なし	
年	月	免許・資格	
2022	1	日本語試験　2級合格	
2022	2	英語試験　　８５０点	

氏名　呉　東人

志望動機

　私は台湾経済大学で国際貿易を専攻しています。御社は日本と台湾で貿易をしている会社です。また御社は、主に営業と事務の仕事があります。私は事務の仕事を希望します。大学の専攻で、貿易の事務を勉強したからです。また日本語と英語は日常会話ぐらいでしたら、問題ありません。どうぞ、よろしくお願いします。

趣味・特技

日本の映画・ドラマ鑑賞（字幕がなくても、だいたいわかります）

バスケットボール（大学で4年間していますし、キャプテンもしています）

会社の名前：＿＿＿＿＿＿＿＿＿＿＿＿＿

	在下方畫出自己的畫像吧
氏名	

年	月	学歴・職歴

年 ねん	月 つき	免許・資格 めんきょ　しかく

志望動機
しぼうどうき

趣味・特技
しゅみ　とくぎ

📝 **補足**
ほそく
🎧 MP3-115

1.	[株式会社]	**かぶしきがいしゃ**	名詞	股份有限公司
2.	[氏名]	**しめい**	名詞	姓名
3.	[月]	**つき**	名詞	月亮；月（月份）

4. [学歴]	がくれき	名詞	學歷
5. [職歴]	しょくれき	名詞	工作經歷
6. [経済]	けいざい	名詞	經濟
7. [卒業見込み]	そつぎょうみこみ	名詞	即將畢業
8. [免許]	めんきょ	名詞	駕照
9. [資格]	しかく	名詞	證照
10. [合格]	ごうかく	名詞	通過
11. [点]	てん	名詞	點；分數
12. [志望動機]	しぼうどうき	名詞	求職動機
13. [専攻する]	せんこうする	動詞	主修
14. [御社]	おんしゃ	名詞	貴公司
15. [特技]	とくぎ	名詞	拿手的技術
16. [日常会話]	にちじょうかいわ	名詞	日常會話
17. [字幕]	じまく	名詞	字幕
18. [キャプテン]	キャプテン	名詞	隊長
19. [鑑賞]	かんしょう	名詞	鑑賞

目標：能依照履歴表與面試官對話。

1. 兩人一組，一人擔任面試官，另一人接受面試。也可以一對多數的團體模式進行。

2. 請參考例句及【活動一】的內容，與面試官進行對話。

   例 A：台湾経済大学の呉です。よろしくお願いします。

   B：まず、あなたのことを教えてください。趣味や特技などです。

   A：私の趣味は……。そして、特技は……。

   B：じゃあ、仕事のことを聞きます。どうして呉さんは、私たちの会社
   で働きたいんですか。

   A：御社は……。

   B：（免許や資格などを聞いてもいいです。また、その他のことを聞い
   てもいいです）

   ：

▶ 1. 子供〔こども〕は塾〔じゅく〕に通〔かよ〕いました。

母〔はは〕は子供〔こども〕を塾〔じゅく〕に通〔かよ〕わせました。

学生〔がくせい〕は1時間〔いちじかん〕休〔やす〕みました。

先生〔せんせい〕は学生〔がくせい〕を1時間〔いちじかん〕休〔やす〕ませました。

▶ 2. 子供〔こども〕は野菜〔やさい〕を食〔た〕べました。

母〔はは〕は子供〔こども〕に野菜〔やさい〕を食〔た〕べさせました。

娘〔むすめ〕はピアノを習〔なら〕いました。

母〔はは〕は娘〔むすめ〕にピアノを習〔なら〕わせました。

▶ 3. 子供〔こども〕は母〔はは〕に塾〔じゅく〕に通〔かよ〕わせられました。

子供〔こども〕は母〔はは〕に野菜〔やさい〕を食〔た〕べさせられました。

▶ 4. 私〔わたし〕は部下〔ぶか〕を1週間〔いっしゅうかん〕休〔やす〕ませてあげました。

私〔わたし〕は彼女〔かのじょ〕にほしい物〔もの〕を選〔えら〕ばせてあげました。

上司〔じょうし〕は私〔わたし〕を1週間〔いっしゅうかん〕休〔やす〕ませてくれました。

彼〔かれ〕は私〔わたし〕にほしい物〔もの〕を選〔えら〕ばせてくれました。

上司〔じょうし〕は私〔わたし〕を早〔はや〕く家〔いえ〕に帰〔かえ〕らせてくださいました。

先生〔せんせい〕は私〔わたし〕に有名〔ゆうめい〕な音楽〔おんがく〕を聞〔き〕かせてくださいました。

私は先生に早く家に帰らせてもらいました。

私は上司にパソコンを使わせてもらいました。

私は先生に早く家に帰らせていただきました。

私は上司にパソコンを使わせていただきました。

補足　　　　　　　　　　　　　　　　　　　　🎧 MP3-117

1.	[塾]	じゅく	名詞	補習班
2.	[野菜]	やさい	名詞	蔬菜
3.	[娘]	むすめ	名詞	女兒
4.	[部下]	ぶか	名詞	部下
5.	[上司]	じょうし	名詞	上司

一、請依照範例完成句子

例1 子供は野菜を食べました（母）

⇒ 母は子供に野菜を食べさせました。

例2 子供は家に帰りました（母）

⇒ 母は子供を家に帰らせました。

1. 社員は荷物を運びました（部長）

⇒ _____

2. 社員は日本に出張しました（部長）

⇒ _____

3. 学生はレポートを書きました（先生）

⇒ _____

4. 学生はイベントに参加しました（先生）

⇒ _____

5. 課長はタクシーを呼びました（部長）

⇒ _____

二、請依照範例完成對話

Ｑ１：みなさんは子供の教育のために、何かさせていますか。

例 母１：私は子供にスポーツをさせています。

（スポーツ／する）

1. 母2：私は_____

（パソコン／習う）

2. 母3：私は_____

（家の仕事／手伝う）

Q2：みなさんの会社では社員の教育のために、何かさせていますか。

例 部長1：私の会社では社員をアメリカに出張させています。

（アメリカ／出張する）

3. 部長2：私の会社では_____

（英語の塾／通う）

4. 部長3：私の会社では_____

（他の会社のイベント／参加する）

三、請依照範例完成句子

例 私は母に野菜を（　食べさせられました。）

（食べる→させる＋られた）

1. 私は上司にレポートを（　　　　　　　　）

（書く→させる＋られた）

2. 私は子供に好きな物を（　　　　　　　　）

（食べる→させる＋てあげた）

3. 上司は私に自分の意見を（　　　　　　　　）

（言う→させる＋てくれた）

4. 私は彼に面白いマンガを（　　　　　　　　）

（読む→させる＋てもらった）

5. 私は上司に休みを（　　　　　　　　　　　　　）

（取る→させる＋ていただいた）

四、請選擇①～⑥之「させる」的適當變化，完成以下文章。一個代號只能使用一次。請注意文章與文體變化。

①させる	③させてくれた	⑤させて
②させたい	④させられた	⑥させられました

父に感謝

　　子供の時、父はとても厳しかったです。毎日、英語の塾に通わせられたり、家の手伝いを（1　　　　）りしました。「ゲームを（2　　　　）」とお願いしても、父の答えはいつも「だめ！」でした。私は、そんな父が嫌いでした。

　　中学校を卒業する時、父は私に「高校と大学はアメリカに留学（3　　　　）」と言いました。私はまだ英語が上手じゃありませんから、びっくりしました。「行きたくない！」と言いましたが、私は父にアメリカに留学（4　　　　）。

　　大学を卒業する時、私は父に「卒業したら、どんな仕事がいい？」と聞きました。父は「仕事だけは好きなことを（5　　　　）」と言って、私に好きな仕事を選ばせてくれました。

　　今、私は国際的な会社で働いています。仕事では英語を使っています。こんなに英語が上手に話せるのは、父が私をアメリカに留学（6　　　　）からです。今、私は本当に父に感謝しています。

五、中翻日

1. 我讓孩子學習英文。

   ⇒ _____

2. 我被上司強迫長時間工作。

   ⇒ _____

3. 我的公司讓我決定上班的時間。

   ⇒ _____

📓 補足 _{ほ そく} 　　　　　　　　　　　　　　　　　　🎧MP3-118

1.	[出張する]	しゅっちょうする	動詞	出差
2.	[レポート]	レポート レポート	名詞	報告
3.	[意見]	いけん	名詞	意見
4.	[感謝]	かんしゃ	名詞	感謝
5.	[お願いする]	おねがいする	動詞	請求；拜托
6.	[答え]	こたえ	名詞	回答；解答

MEMO

付録
ふろく

「聞いてみよう」スクリプト

第十一課　天気予報

1.（天気予報の画面）

アナウンサー：それでは天気予報です。
東京周辺の気温をお伝えします。
明日の最高気温は３８度になるそうです。
とても暑くなりますので、クーラーを使って涼しくお過ごしください。

2.（アイスクリームバンの近くで）

客Ａ：蒸し暑い！　何か冷たいものが食べたいね。
客Ｂ：そうだね。あそこでアイスクリームを売ってるよ。
客Ａ：あ、マンゴーアイスもある。美味しそう。
客Ｂ：じゃ、それにしよう。アイスを食べたら涼しくなるね。

3.（教室で）

学生Ａ：今日の午後、台風が来るそうですよ。
学生Ｂ：ええ！　そういえば、雲が厚くて、大雨が降りそうですね。
学生Ａ：天気予報によると、午後は雷雨になるらしいです。
傘、持っていますか。
学生Ｂ：いいえ。どうしよう……。

3.（山道で）

Ａ：ちょっとアプリをチェックしてみて。
Ｂ：うん。アプリによると、これから気温がだんだん下がるらしいよ。
Ａ：そう。じゃ、湿度は？
Ｂ：この辺りの空気は水分がたっぷり。心配しないで。
今回は絶対きれいな雪景色が楽しめるよ。

第十二課　体調

1.（教室で）

学生Ａ：柯さん、顔色が悪いみたいですが……。
学生Ｂ：朝から頭が痛くて……。体もちょっと熱いです。
学生Ａ：次の授業は休んで、保健室に行ったらどうですか。
学生Ｂ：そうします……。

2.（保健室で）

先生：どうしましたか。

学生：頭が痛くて……。熱もあるみたいです。

先生：風邪かもしれませんね。じゃ、熱を測ってみましょう。
３８度５分。今日は早退して、病院に行ってください。

学生：わかりました。

3.（病院で）

医者：どうぞ、お座りください。

学生：あのう、頭が痛くて、熱もあります。

医者：口を開けてください。喉が赤くなっていますね。風邪のようです。薬を飲んでゆっくり休んだら、治るでしょう。

学生：わかりました。

4.（教室で）

学生Ａ：おはよう。体の調子はどうですか。

学生Ｂ：風邪を引いてしまいましたが、よくなりました。

学生Ａ：それはよかったです。病院は？

学生Ｂ：ええ、行きました。お医者さんも「風邪」と言っていました。

学生Ａ：そうですか。薬は？

学生Ｂ：はい、もう飲みました。

第十三課　外国語

1.（国際交流会で）

学生Ａ：田中さん、中国語はわかりますか。

学生Ｂ：はい、少しだけ話せます。挨拶とか、道を尋ねるとか。

学生Ａ：じゃあ、中国語で買い物も大丈夫ですね。

学生Ｂ：ええ、簡単なやりとりはできますよ。

2.（ジューススタンドで）

学生Ａ：わぁ、全部美味しそう。決められないなぁ。

学生Ｂ：サイズも選べるし、甘さや氷も調節できるよ。

学生Ａ：そうなんだ。じゃ、僕、注文してみようかな。

学生Ｂ：中国語で？　大丈夫？

学生Ａ：うん、できると思うよ。頑張ってみる。

3.（休憩時間）

同僚Ａ：週末は、いつも何をしていますか。

同僚Ｂ：うーん、ゲームをするのが好きだから、だいたい家にいるかな？鈴木さんは？

同僚Ａ：私はよくジムに行きますよ。趣味は体を動かすことなんです。

同僚Ｂ：健康にいいことですね。

付録

4.（学校の食堂で）

学生Ａ：これ、日本語で何と言いますか？

学生Ｂ：玉子焼きです。今朝、早起きして、
　　　　作りました。

学生Ａ：自分で？　すごい！

学生Ｂ：えへへ、自分で作れるようになり
　　　　ました。

学生Ａ：へえ、上手にできましたね

第十四課　今後の計画

1.（バスで）

学生Ａ：来週から日本語の授業が始まりま
　　　　すね。

学生Ｂ：そうですね。日本人の先生ですよ。

学生Ａ：どんな先生ですか。

学生Ｂ：明るくて優しそうです。

学生Ａ：そうですか。授業、楽しみです。

2.（部活の教室で）

学生Ａ：もうすぐ 3 月 3 日ですね。茶道
　　　　部では何かしますか。

学生Ｂ：今年も雛人形を出そうと思ってい
　　　　ます。それから、たくさんお客さ
　　　　んを呼ぼうと思っています。

学生Ａ：へえ、楽しそうですね。

3.（教室で）

学生Ａ：田中さん、夏休みの予定は？

学生Ｂ：今年は日本に帰らないで、バイト
　　　　するつもりです。

学生Ａ：どんなバイトをしますか。

学生Ｂ：家庭教師をしようと思っています。

4.（階段の前で）

学生Ａ：今日いい天気ですね。午後、どこ
　　　　か行きませんか。

学生Ｂ：すみません、明日テストがありま
　　　　すから、午後は勉強するつもりで
　　　　す。今回のテストは難しそうなん
　　　　です。

学生Ａ：そうですか。頑張ってください。

第十五課　多文化理解

1.（学校のキャンパスで）

学生Ａ：明日は中秋節で休みだから、一緒
　　　　にカラオケに行かない？

学生Ｂ：ああ、実家に帰らなければいけな
　　　　いのよ。家族とバーベキューする
　　　　つもりだから。

学生Ａ：ああ、そうなんだね。

2.（ＭＲＴの構内で）

学生Ａ：田中さん、ここでジュースを飲ん
　　　　ではいけませんよ。台湾のＭＲＴ
　　　　では飲食禁止ですから。

学生Ｂ：ああ、知りませんでした。日本と
　　　　違うんですね。

学生Ａ：はい、ジュースは外に出てから飲
　　　　みましょう。

3.（大学の教室で）

学生：先生、すみません、ちょっと具合が悪いので、家に帰ってもいいですか。

先生：わかりました。でも、病院に行かなくても大丈夫ですか。

学生：はい、薬を飲んだから、行かなくてもいいと思います。

先生：そうですか。お大事に。ゆっくり休んでくださいね。

学生：ありがとうございます。では、失礼します。

4.（女子寮のロビー）

男性　：すみません、2階に住んでいる妹に渡したいものがあるので、ちょっと上がってもいいですか。

管理人：いや、女子寮ですから、男性は入ってはいけません。

男性　：ちょっとだけなんですが。

管理人：すみません、決まりなので。私が妹さんに連絡します。

男性　：わかりました。じゃ、ロビーで待っています。

第十六課　旅行に行こう

1.（廊下で）

学生A：あのう、台北１０１とスカイツリーとどちらのほうが高いですか。

学生B：もちろん、スカイツリーでしょう。

学生A：でも、台北１０１は東京タワーより高いですね。

学生B：ええ、間違いありません。

2.（道で）

学生A：もしもし、田中ですけど。

学生B：えっ？　バイクがうるさくて聞こえません……。あっ、もう大丈夫です。

学生A：あのう、来月の旅行ですが、もうホテルの予約をしなければなりませんね……。

学生B：あっ、そうですね。準備のために、早く飛行機のチケットを予約したほうがいいですね。

3.（教室で）

学生：風邪を引いてちょっと気分が悪いんです。

先生：大丈夫ですか。無理をしないほうがいいですよ。

学生：それに、少し頭も痛いんです。

先生：じゃあ、早くうちへ帰ったほうがいいですね。

4.（廊下で）

学生A：大晦日のカウントダウン、台北１０１の花火を見に行きましょう。

学生B：はい、ぜひ見たいです。花火がよく見える場所を知っていますか。

学生A：ええ、知っています。有名な屋上レストランがあります。

学生B：でも、この日は混んでいるでしょう。

学生A：じゃ、電話してみましょう。

第十七課　テクノロジー

1.（事務室で）

後輩：先輩、スキャンの仕方がわからないんですが……。

先輩：スキャナーの使い方はこの説明書に書いてありますよ。

後輩：ありがとうございます。じゃ、読んでみます。

2.（上司の事務室で）

上司：白井さん、この新しいシステムの設定をお願いできませんか。

部下：やったことがないので心配なんですが……。

上司：マニュアル通りに設定すれば大丈夫ですよ。

部下：わかりました。やってみます。

3.（教室で）

学生A：ねえ、このお天気アプリすごいよ！ここを押すと、10時間後の雲の動きが見られるんだ。

学生B：おっ！　いいね！　僕もダウンロードしてみよう！

学生A：出かける前に見ると、本当に便利だよ！

4.（事務室で）

同僚A：すみません、パスワードを再設定したいんですけど……。

同僚B：じゃ、ここをクリックしてください。
クリックすると、メールに新しいパスワードが来ます。

同僚A：ありがとうございます。

同僚B：いいえ、何かあれば、いつでも聞いてください。

第十八課　付き合い

1.（教室で）

学生A：そのエコバッグ、素敵ですね。

学生B：これですか、妹が作ってくれたんです。

学生A：妹さん、自分で作ったんですか。すごい。

2.（玄関で）

学生A：久保さん、いらっしゃい。

学生B：呉さん、お誕生日、おめでとう！これ、どうぞ。

学生A：ありがとう！　え！　こんな高そうなもの……。いいの？

学生Ｂ：いいよ。遠慮しないで。

学生Ａ：わざわざ選んでくれて、ありがとう。

3.（廊下で）

学生Ａ：この前、パクさんに韓国料理を習ったんだ。

学生Ｂ：どんな料理？

学生Ａ：キムチ鍋。美味しい作り方を教えてもらったんだ。

学生Ｂ：へえ、いいなあ。

学生Ａ：じゃ、今度、林さんにも作ってあげるね。

4.（廊下で）

学生Ａ：この間、日本を旅行したんでしょう？　大丈夫だった？

学生Ｂ：ええ。最初の日は、空港まで友達に迎えに来てもらったんだ。

学生Ａ：へえ、そうなんだ。

学生Ｂ：台湾へ帰る日、道がわからなくなったけど、親切な人に教えてもらった。

学生Ａ：それはよかったね。

第十九課　環境問題

1.（ＡＩロボット展覧会で）

Ａ：このロボット、かわいいね。犬かな？

Ｂ：そうだね、犬のロボットだね！

Ａ：かわいくて、家を守ってくれるんだね。すごいね！

Ｂ：これからの生活は、どんどん変わっていくんだろうね。

2.（電話で）

Ａ：台湾経済大学の林です。留学説明会について、教えていただけますか。

Ｂ：ええ、いいですよ。

Ａ：資料は申し込みをした人に送ってくると思うんですが、まだ来ていないんです。

Ｂ：すみません。すぐ送ります。

3.（深夜のシェアハウスで）

学生Ａ：今日、ギターを買いましたよ。

学生Ｂ：バンドをやるんですか。

学生Ａ：ええ、４人でやります。このギター、今から弾いてみますね。

学生Ｂ：もう深夜だから、お隣さんに怒られますよ。

4.（昼休みの教室で）

学生Ａ：顔色が悪いですね。

学生Ｂ：ええ、今朝突然の大雨に降られて、服が濡れてしまいました。熱があるみたいです。

学生Ａ：じゃ、保健室に行ったほうがいいですよ。

第二十課　仕事

1.（スーパーで）

主婦Ａ：あら？　お久しぶり。お子さんも、お元気ですか。

主婦Ｂ：ええ、元気です。今年、小学生になりましたから、塾に通わせています。そちらの息子さんは？

主婦Ａ：うちは今、ピアノを習わせています。

主婦Ｂ：そうですか。お互い、大変ですね。それでは、また。

2.（会社の休憩室で）

部下：部長の娘さん、来年大学を卒業ですね。就職は？

上司：娘には好きなことをさせるつもりだよ。

部下：へえ、そうなんですか。じゃ、卒業後の予定は？

上司：もっと英語を勉強したいと言うから、卒業後はアメリカに留学させるつもりだよ。

3.（居酒屋で）

同僚Ａ：じゃ、乾杯！　最近、仕事はどう？

同僚Ｂ：来月、北海道に出張させられるんだよ！

同僚Ａ：いいじゃない。美味しい物も食べられるし。

同僚Ｂ：よくないよ！　出張に行く前に100ページの資料をまとめさせられるんだから！

同僚Ａ：それは大変だね。じゃ、今夜はたくさん飲もう！

4.（保健室で）

学生　　　：失礼します。

保健の先生：どうしましたか。今は体育の時間ですよね。

学生　　　：ええ。走っていたら、急に気分が悪くなったんです。ちょっと休ませてもらえますか。

保健の先生：じゃ、そこのベッドに寝てください。まずは体温を測ってみましょう。

「練習問題」解答

第十一課　天気予報

一、請依照範例變化

1. 台風が来るそうです。
2. 田村さんは今日休んだらしいです。
3. ３D映画が面白いそうです。
4. 時間がかかるらしいです。
5. 体調が良くなったそうです。

二、中翻日

1. 天気予報によると、来週は暑くなるそうです。
2. 早く休んでください。
3. 病院でスマホを使わないでください。
4. 大学のクラスメートは画家になりました。
5. 午後はまた雪が降るらしいです。

三、重組

1. ニュースによると、来週台風が来るそうです。
2. あの店のケーキは美味しいらしいですよ。
3. 電車の中でジュースを飲まないでください。
4. もうすぐ始まりますから、静かに待ってください。

5. この店の魚の値段は、午後８時から安くなります。

四、配合題：依照正確用法填入括號

1. e　2. c　3. b　4. a　5. d

五、看圖依指示句型回答問題

1. 明日の天気は晴れるそうです。／明日は晴れでしょう。
2. 事故があったらしいです。
3. 今回のテストは難しくなります。
4. お金があまりないから、買わないでください。
5. バスがすぐ来ますよ。ここで待ってください。

第十二課　体調

一、請依照例題作答

1. お金を忘れてしまいました。
2. 弟のケーキを食べてしまいました。
3. 授業で寝てしまいました。
4. バイクで怪我をしてしまいました。
5. 好きな漫画が終わってしまいました。

二、請依照例題作答

1. もう食べました。
2. まだ着いていません。

3. もう見ました。
4. まだ聞いていません。
5. まだしていません。

三、請依照例題完成句子
1. 治ったら 2. 練習したら
3. 終わったら 4. 来たら

四、重組
1. 来週の天気はよくなるでしょう。
2. 謝さんは病院に行ったようです。
3. 子供が高いゲームを買ってしまいました。
4. 明日の午後は雨が降るかもしれません。
5. 林さんは午後の授業を休むと言っていました。

五、請依照例題完成句子
1. バイクの事故のようです。
2. 明日は雨かもしれません。
3. 留学生の林さんは学校の生活に慣れたみたいです。
4. 佐藤さんは甘いものが苦手なようです。
5. 山田さんは今日の授業に来ないかもしれません。

六、中翻日
1. 風邪ですが、まだ病院に行っていません。
2. 医者は「大丈夫です」と言っていました。
3. 病気が治ったら、一緒に買い物に行きましょう。

第十三課　外国語

一、代換練習
1. この靴を履くことができます。／この靴が履けます。
2. 刺身を食べることができます。／刺身が食べられます。
3. 500円でたくさん買うことができます。／500円でたくさん買えます。
4. 明日の朝、早く来ることができます。／明日の朝、早く来られます。
5. インターネットで予約することができます。／インターネットで予約できます。

二、請依照例題完成以下句子
1. いつも優しいし、よくお小遣いもくれます。
2. 英語が話せるし、とても親切です。
3. 駅から近いし、かわいい服も買えます。

三、請在括號內填寫最適合的助詞
1. が 2. の 3. が 4. と 5. が

四、配合題
1. e 2. f 3. a 4. b 5. d

第十四課　今後の計画

【活動一】
① 木が倒れそうです。
② 目が悪くなりそうです。
③ 気温が高くなりそうです。
④ 授業に遅れそうです。

一、依提示完成句子

1. この袋は丈夫そうです。
2. そのかばんは重そうです。
3. この道具は便利そうです。
4. このコートは暖かそうです。
5. あの人は元気ではなさそうです。
6. あの映画は面白くなさそうです。
7. この辺は静かではなさそうです。
8. この練習問題は難しくなさそうです。

二、請依照例題作答

1. 映画を見よう
2. 漫画を読もう
3. 新しいスマホを買おう
4. 友達とショッピングしよう
5. 外国で働こう

三、依照例句提示完成句子

1. 台風が来そうですから、早く家に帰ります。
2. いい天気が続きそうですから、スニーカーを洗います。
3. 授業に遅れそうですから、クラスメートに連絡します。
4. 雨が降りそうですから、傘を忘れないでください。

四、請依照例題作答

1. Ａ１：進学するつもりです。
   Ａ２：進学しないつもりです。
2. Ａ１：アルバイトするつもりです。
   Ａ２：アルバイトしないつもりです。
3. Ａ１：ライブに行くつもりです。
   Ａ２：ライブに行かないつもりです。

五、中翻日

1. 今晩自分で料理を作るつもりです。
2. 来年の冬に日本へスキーに行こうと思っています。
3. 私は韓国の映画とドラマに興味があります。
4. ビジネスだけじゃなくて、たくさん言葉が話せることも大切だと思います。

第十五課　多文化理解

一、請依提示完成句子

1. 入れ　2. 予約し　3. 覚え　4. 書い　5. 買っ

二、請利用「～ないで」完成句子

1. 中国語を使わないで説明してみましょう。
2. 先生に挨拶しないで教室を出ました。
3. 毎日学校に行かないで家でゲームをしています。
4. 朝ご飯を食べないで出かけました。
5. お風呂に入らないで寝ました。

三、請依提示作答

1. ちょっと聞いてもいいですか。
2. 辞書を使ってもいいですか。
3. 先に帰ってもいいですか。
4. 中国語で説明してもいいですか。
5. パソコンを使ってもいいですか。

四、請依提示作答

1.（ここから）歩いていかなくてもいいです。
2.鉛筆を使ってもいいです。
3.薬を飲まなくてもいいです。
4.新幹線で食べ物を食べてもいいです。

五、中翻日

1.ここで泳いではいけません。
2.みんなお互いに理解する努力をしなければなりません。
3.一人で悩まなくてもいいです。
4.水着で温泉に入ってもいいですか。
5.喧嘩しないで一緒に遊びましょう。

第十六課　旅行に行こう

一、寫出標注底線漢字的正確讀音

1.はくぶついん／かんこう
2.まにあう／はやめに
3.ろせん／りよう
4.さいきん／ふきゅう
5.みなみぐち／むかえ

二、在括弧中填入適當的助詞以完成句子

1.より　2.は／より　3.と／と／が
4.から／が　5.に／で

三、請依照提示，改成適當的形態填入括弧內

1.休んだ　2.食べない　3.飲まない
4.入った　5.持たない

四、閱讀「本文」後，回答下列問題

1.台北市内を旅行する時、バスよりＭＲＴのほうが速いです。
2.女性は安全のために、夜はタクシーを避けたほうがいいです。
3.南へ旅行に行く時、台湾高鉄（台湾の新幹線）を利用したほうがいいです。
4.高雄から台北へは１時間４０分ほどで行けますから。
5.窓から美しい海が見えますし、波の音も聞こえますから。それから、台湾のきれいな景色をゆっくり眺めることもできますから。

五、中翻日

1.どうやって空港までＭＲＴで行きますか。
2.夜は安全のために、女性はタクシーを避けたほうがいいと思います。
3.電車に間に合うように、早めに行ったほうがいいです。

第十七課　テクノロジー

一、配合題：請選擇最適當的句子

1.c　2.e　3.d　4.b　5.a

二、請依照例題完成以下句子

1.薬を飲めば治ります。
2.お金を入れなければジュースが出ません。
3.基隆へ行けば海が見えます。

4. 友達が来ればにぎやかになります。
5. 毎日練習しなければ上達しません。

三、重組

1. 使い方は説明書に書いてあります。
2. 「決定」を押すとダウンロードが始まります。
3. たくさん練習しないと漢字が覚えられません。
4. 説明書を見ればすぐわかります。
5. ボタンを押すと遠いところに行けるようになるかもしれません。

四、日翻中

1. 新設帳號。　2. 輸入密碼。　3. 安裝遊戲。
4. 下載音樂。　5. 點選「OK」。

五、中翻日

1. ここにアカウントとパスワードを入力してください。
2. このボタンをクリックするとダウンロードが始まります。
3. 使い方は説明書に書いてあります。
4. 説明書を見ればすぐわかります。
5. 何かあればいつでも聞いてください。

第十八課　付き合い

一、寫出標注底線漢字的正確讀音

1. がっこう／りゅうがくせい
2. でんとういしょう／さんか
3. ぐたいてき
4. しょくじかい／むりょう

5. ごうか／はなび／にぎ

二、請依照例題完成下列句子

1. 黄さんは私にペンを貸して／私は黄さんにペンを貸して
2. キムさんは私に荷物を送って／私はキムさんに荷物を送って
3. 山口さんは私に地図を書いて／私は山口さんに地図を書いて
4. 文法を説明してくれました／文法を説明してもらいました
5. 朝ごはんを作ってくれました／朝ごはんを作ってもらいました

三、請在括弧內填寫最適合的助詞

1. に／を　2. が　3. に／を
4. へ／に、に　5. に

四、請依提示完成下列對話句

1. 泣きながらドラマを見ている人です。
2. 音楽を聞きながら走っている人です。
3. 歌いながら料理を作っている人です。
4. 地図を書きながら説明している人です。
5. 説明書を見ながら使い方を教えている人です。

五、閱讀「本文」後，回答下列問題

1. 日本の年中行事のことを教えました。
2. 年越しそばを食べて、除夜の鐘を聞きながら、静かに過ごします。
3. 年越しライブや、豪華な花火などで賑わっています。
4. 日本の過ごし方は台湾と違うので、びっくりしました。

5. 一緒に美味しいものを食べに行きたいと
   思っています。

第十九課　環境問題

【活動二】

淨水與衛生：確保所
有人都能享有水及衛
生及其永續管理。

可負擔能源：確保所
有的人都可取得負擔
得起、可靠的、永續
的，及現代的能源。

責任消費與生產：確
保永續消費及生產模
式。

氣候行動：採取緊急
措施以因應氣候變遷
及其影響。

海洋生態：保育及永
續利用海洋與海洋資
源，以確保永續發
展。

陸地生態：保護、維
護及促進領地生態系
統的永續使用，永續
的管理森林，對抗沙
漠化，終止及逆轉土
地劣化，並遏止生物
多樣性的喪失。

2. 參照以上6個目標，從下表格裡選擇最適
   切的用詞填入括號。

① （ h ）が汚くなると、（ a ）が少
  なくなっていきます。

② （ f ）が多く使われると、（ d ）
  がきれいになっていくでしょう。

③ これから（ j ）を少なくしていくと、
  水がきれいになるでしょう。

④ （ b ）がたくさん切られると、
  （ e ）がなくなっていきます。

⑤ 昔に比べて（ i ）が少なくなってき
  て、再利用することがよくあります。

⑥ （ g ）が多くなってきたので、
  （ c ）が上がってきました。

一、參考例句，完成以下句子

1. 私は先生に褒められました。
2. 私は母に漫画の本を捨てられました。
3. この雑誌はよく女の子に読まれています。

4. 藤田さんは課長に叱られました。

5. 私は弟にケーキを食べられました。

二、將以下括弧填入正確助詞

1. に／を 2. で／を 3. は／を

4. に／を 5. は／に

三、參考例文，並依照語意選擇「～ていく」或「～てくる」完成句子

1. いき 2. き 3. き 4. いき 5. き

四、日翻中

1. 臺灣的空氣比從前被污染（嚴重）多了。

2. 人類砍了很多樹，森林會減少下去。

3. 根據天氣預報，今年櫻花聽說會提早開花。

4. 因為運動，肚子餓了起來。

5. 奧運 2021 年在東京舉辦。

五、中翻日

1. 今朝から雪が降ってきました。

2. 天気予報によると、雨が降るそうだから、傘を持っていってください。

3. まだ使える物が捨てられていますので、ゴミが多くなりました。

4. 「人間失格」は高校生によく読まれています。

5. 自然が破壊されると、そこに住んでいる動物も住む場所を奪われます。

第二十課　仕事

一、請依照範例完成句子

1. 部長は社員に荷物を運ばせました。

2. 部長は社員を日本に出張させました。

3. 先生は学生にレポートを書かせました。

4. 先生は学生をイベントに参加させました。

5. 部長は課長にタクシーを呼ばせました。

二、請依照範例完成對話

1. 子供にパソコンを習わせています。

2. 子供に家の仕事を手伝わせています。

3. 社員を英語の塾に通わせています。

4. 社員を他の会社のイベントに参加させています。

三、請依照範例完成句子

1. 書かされました。

2. 食べさせてあげました。

3. 言わせてくれました。

4. 読ませてもらいました。

5. 取らせていただきました。

四、請選擇①～⑥之「させる」的適當變化，完成以下文章。一個代號只能使用一次。請注意文章與文體變化。

1. ④ 2. ⑤ 3. ① 4. ⑥ 5. ② 6. ③

五、中翻日

1. 私は子供に英語を勉強させます。

2. 私は上司に長い時間仕事をさせられました。

3. 私の会社は出勤の時間を決めさせてくれます。

東吳日文共同教材編輯小組

召集人／作者

羅濟立

現職
東吳大學日本語文學系教授兼任系主任

經歷
東吳大學日本語文學系助理教授、副教授、教授
國立臺灣大學中國文學系兼任副教授、教授

最高學歷
日本九州大學大學院比較社會文化博士

研究領域
漢字音韻學、日語發音教育、日文系學生學習心理研究

代表著作
『多言語社会台湾における日本語と客家語、台湾語との交流に関する実証研究―言語教育との関連において―』尚昂文化事業國際有限公司，2016。

『台湾人学習者のための日本語の発音教育―縮約形と学習ストラテジーを中心に―』尚昂文化事業國際有限公司，2018。

「日文系學生的就業焦慮、就業志向與就業動機」『台灣日語教育學報』第 35 号，140 － 168 頁，2020 年 12 月。

作者群（依姓名筆劃順序）

山本卓司

現職
東吳大學日本語文學系助理教授

經歷
實踐大學應用日文學系助理教授

最高學歷
日本神戶大學大學院國際文化學研究科博士

研究領域
日語教育學

代表著作
「逆接をあらわす「クセニ」―「ノニ」との比較から―」『日本語教育論文集―小出詞子先生退職記念―』日本凡人社，701-712 頁，1996。

田中綾子

現職
東吳大學日本語文學系兼任講師
LTTC 財團法人語言訓練測驗中心日語教師

經歷
日本滋賀縣立大學 CLS-program 特任日語教師
美國在台協會、加拿大駐臺北貿易辦事處日語教師
臺北市私立再興學校日語教師
科見美語日語部教務主任
關西外語專門學校日語教師

最高學歷
東吳大學日本語文學系博士

研究領域
日語教育學、日語相關知識教育

代表著作

『圖解日文自動詞・他動詞』寂天文化事業股份有限公司，2017。

『速攻日檢 N2 聽解：考題解析＋6 回模擬試題』寂天文化事業股份有限公司，2021。

「日本語周辺知識教育としての地理歴史科目に関する調査研究ー台湾高等教育機関における日本語専攻カリキュラムからー」『東吳外語學報』第 50 号，63-90 頁，2021 年 3 月。

陳冠霖

現職

東吳大學日本語文學系助理教授

經歷

國立臺灣大學文學院語文中心兼任日語教師

國立臺灣師範大學進修推廣學院兼任日語教師

最高學歷

日本大阪大學言語文化研究科博士

研究領域

日語語音學及音位學、日語發音教學、日語教學

代表著作

「台湾人日本語学習者のフィラーの使用とその変化ーストーリーテリング発話を中心にー」『淡江外語論叢』第 35 期，60 － 85 頁，2021 年 6 月。

「OJAD における音声合成技術を用いた日本語音声教育の可能性ー文末イントネーションを中心にー」『東吳日語教育學報』第 53 期，145 － 168 頁，2020 年 3 月。

「アクセントの推測発音と自然性評価に見られる台湾人日本語学習者と日本語母語話者の差異」『間谷論集』第 12 号，131 － 150 頁，2018 年 3 月。

陳淑娟

現職

東吳大學日本語文學系教授

經歷

東吳大學日本語文學系講師、副教授、教授

最高學歷

東吳大學日本語文學系文學博士

研究領域
日語教育學、第二語言習得論、日語師資培育

代表著作
『台湾の普通高校における日本語教育研究―フィールドワークを通じて―』致良出版社，
2001 年。
『日語文教材教法』（合著主編）五南圖書出版股份有限公司，2021。
『こんにちは 你好』1-4 冊，瑞蘭國際有限公司。

張政傑

現職
東吳大學日本語文學系助理教授

經歷
中央研究院臺灣史研究所博士後研究員
日本國際日本文化研究中心共同研究員
哈佛燕京學社訪問學者

最高學歷
日本名古屋大學大學院文學研究科文學博士（日本文化學）

研究領域
日本近現代文學、日治時期臺灣文學與文化活動、比較文學、臺日學生運動

代表著作
「流動体としてのオキナワ」『社会文学』第 50 号，2019 年 8 月。
「東亞「風雷」如何殘響？―臺灣「保釣文學」與日本「全共鬥文學」的比較研究」『中外
文學』第 48 卷第 2 期，2019 年 6 月。
「桐山襲とその「戦後」―冷戦・身体・記憶」，收入坪井秀人編『運動の時代』（戦後日
本を読みかえる 第 2 巻），161 － 197 頁，2018 年 8 月。

廖育卿

現職
東吳大學日本語文學系兼任助理教授

經歷
東吳大學日本語文學系兼任講師
東吳大學推廣部兼任講師

最高學歷

東吳大學日本語文學系博士

研究領域

日本語教育

代表著作

『台湾の日本語会話教育における自律学習による学習態度と能力の変化について』東吳大學日本語文學系博士論文，2020 年 7 月。

劉怡伶

現職

東吳大學日本語文學系教授

經歷

東吳大學日本語文學系助理教授、副教授、教授
銘傳大學應用日語學系助理教授

最高學歷

日本名古屋大學國際言語文化研究科博士

研究領域

日本語學、語料庫語言學、日本語教育學

代表著作

『現代日本語の副詞的成分：形容詞連用形と動詞「て」形を中心に』致良出版社，2018。
『現代日本語における動詞テ形を含む複合助詞の研究—時空間概念を表す複合助詞を中心に』致良出版社，2010。
「視点を表す複合表現：「カラスルト」「カラカンガエルト」「カラミルト」を中心に」『日本語文法』20-2，141 － 158 頁，2020 年 9 月。

國家圖書館出版品預行編目資料

實力日本語 II／東吳日文共同教材編輯小組編著
-- 初版 -- 臺北市：瑞蘭國際, 2022.09
216面；19 x 26公分 --（日語學習系列；65）
ISBN：978-986-5560-86-7（平裝）
1.CST：日語 2.CST：讀本

803.18   111014002

日語學習系列 65

實力日本語 II

編著｜東吳日文共同教材編輯小組
召集人｜羅濟立
合著｜山本卓司、田中綾子、陳冠霖、陳淑娟、張政傑、廖育卿、劉怡伶、羅濟立（依姓名筆劃順序）
日文錄音｜山本卓司、田中綾子、彥坂春乃、藤原一志（依姓名筆劃順序）
協編｜謝寶慢

責任編輯｜葉仲芸、王愿琦
校對｜山本卓司、田中綾子、陳冠霖、陳淑娟、張政傑、廖育卿、劉怡伶、羅濟立、葉仲芸、王愿琦

封面設計、版型設計｜劉麗雪
內文排版｜邱亭瑜
美術插畫｜614

瑞蘭國際出版

董事長｜張暖彗 · 社長兼總編輯｜王愿琦
編輯部
副總編輯｜葉仲芸 · 主編｜潘治婷
設計部主任｜陳如琪
業務部
經理｜楊米琪 · 主任｜林湲洵 · 組長｜張毓庭

出版社｜瑞蘭國際有限公司 · 地址｜台北市大安區安和路一段 104 號 7 樓之一
電話｜(02)2700-4625 · 傳真｜(02)2700-4622 · 訂購專線｜(02)2700-4625
劃撥帳號｜19914152 瑞蘭國際有限公司
瑞蘭國際網路書城｜www.genki-japan.com.tw

法律顧問｜海灣國際法律事務所 呂錦峯律師

總經銷｜聯合發行股份有限公司 · 電話｜(02)2917-8022、2917-8042
傳真｜(02)2915-6275、2915-7212 · 印刷｜科億印刷股份有限公司
出版日期｜2022 年 09 月初版 1 刷 · 定價｜450 元 · ISBN｜978-986-5560-86-7
　　　　　2024 年 06 月初版 2 刷

瑞蘭國際